你喜歡的不是女兒而是我（媽媽）!?

Musume janakute Mama ga sukinano!?

望 公太
nozomi kota
插畫／ぎうにう
giuniu

Kadokawa Fantastic Novels

序幕

「這樣……不行啦，白土老師。」

我對著出現在電腦螢幕中的工作夥伴，字斟句酌……但是絕不言詞含糊，明確地指出缺點。

「妳交給我的第六集劇情大綱……實在太冗長，完全沒有老師以往的那種明快感。感覺就只是在重複前一集為止的事情，故事一點進展都沒有。」

和我講電話的對象是——白土白士老師。

她是我所負責的作家之一，主要是寫輕小說。

白土老師原本都是在網路小說網站上投稿，不過大約四年前，我主動提議要幫她將作品出版成書籍。

從那之後，我便一直固定擔任她的責任編輯。

我們至今已一起合作過好幾部作品，現在則正在出版書名為《好想成為你的青梅竹馬》的愛情喜劇系列。

大學生男主角在十幾歲時，度過了一段慘淡的年少歲月，然而有一天，他突然獲得穿越時空的能力。主角利用那份能力，想要回到自己單戀的社團女性朋友的年幼時期埋下伏筆，讓自己成為對方的「青梅竹馬」，可是事情進行得並不順利，他居然陰錯陽差地也同時對其他女性埋下青梅竹馬的伏筆——就是這麼一齣設定創新的愛情喜劇。

目前已出版到第五集。

自開賣之初就大受歡迎——現在也已經在暗中推動動畫化的企畫案了。

另外，「白土白士」這個筆名雖然聽起來很像男人，不過她其實是一位年約二十五歲的女性作家。年輕，真是年輕……

「枉費上一集結尾的劇情都推入高潮，讓人覺得禮二和明菜終於要在一起了……結果這會兒又拖拖拉拉的沒在一起。這樣子，我實在沒辦法請妳按照這份情節大綱去寫。」

我直言不諱地說。

這話雖然難以啟齒，不過這種時候含糊其辭，對彼此都沒有好處。

對方寄來的第六集的劇情大綱，品質顯然不佳。

一點都不像平時的白土老師。

我心想可能是有什麼原因——結果在聽了白土老師接下來的回答後，我終於明白了。

「原來如此……妳是因為在意動畫化的事情才這麼做啊。」

『————』

「確實如果要動畫化，我們會希望這個系列盡可能延續久一點。假使現在讓故事一口氣發展下去、讓男女主角在一起，這部小說作為系列作的壽命或許就會縮短了。」

『————』

「坦白說……因為男女主角在一起導致銷售量下滑的危險性並不是沒有。而且以近來的愛情喜劇這個領域而言，要怎麼說呢……無可否認的，的確是有內容本身隨著結論出現而變得不夠吸引人的傾向。」

每個人欣賞愛情喜劇的方式各不相同——而其中一種人的欣賞方式是「因為好奇結論才讀的」。

結論——故事的結論。

以後宮愛情喜劇為例，就是男主角和哪位女主角在一起的結論。

又或者，即便是只有一位女主角的兩情相悅愛情喜劇，那麼也是兩人在歷經幾番波折後終於交往的結論。

走向那種結論的過程無疑是愛情喜劇的趣味之一——讀者們心裡大概都很想即時欣賞此時此刻正在緩緩發展的戀情吧。

一種臨場感。

正因為戀情的結論未定，才讓人感到興奮期待。

反過來說。

如果已經知道結論是什麼，就會失去戀愛中你來我往的那種趣味……甚至可能出現「慶典已經結束了」的感覺。

「在動畫上映之前就讓男女主角在一起……對於動畫化來說或許不太有利。

因為可能會有人在網路上爆雷，讓其他人產生『既然已經知道主角跟誰在一起，我就不看了』的想法……」

儘管如此。

我繼續說下去。

「最重要的是——原作很有趣。」

我這麼說。

「動畫是動畫，原作是原作。因為在意動畫而讓原作受到不良影響，這樣根本是本末倒置。當然，拖戲未必就是壞事……不過以這次的情況來說，白土老師，妳實在拖得太明顯也太牽強了。」

『——』

「這一點我當然明白。因為我從白土老師出道開始，就一直擔任妳的責任編輯。」

『——』

「白土老師，妳不用擔心動畫的事情，請儘管以妳自己可以接受的方式去寫作，也不需要刻意拖戲什麼的。我希望妳不要去考慮那些旁枝末節……只管寫出對作品、對角色們而言，最自然且最適當的故事情節。」

『——』

「就是啊。況且，故事也不會因為兩人交往就到此結束了。我想，一定也有許多讀者想看男女主角交往之後的發展。既然如此，那當然要回應那些讀者的期待，繼續認真描寫兩人交往後的故事了。」

『——』

「沒錯、沒錯。最重要的是……上一集的劇情都已經推入高潮了，結果兩人卻沒在一起，這樣讀者會很失望的。搞不好還會心想『你們兩個怎麼還在拖拖拉拉』呢？一直磨磨蹭蹭、舉棋不定……明知兩情相悅卻裹足不前……再怎麼猶豫不決也該有個限度。」

『——』

「總之，白土老師，妳只要優先考慮如何讓原作引人入勝就好。動畫的事情就交給我們『燈船』，我們會盡最大努力，做出老師能夠認同的動畫。妳說對吧，狼森小姐？」

『嗯，儘管交給我們。』

分割畫面中，位在白土老師旁邊的狼森小姐點頭回應。

今天的會議，是由包括狼森小姐在內的三人一同舉行。

「……話說，真不好意思，今天狼森小姐明明也在，我們兩人卻自己談得那麼起勁。」

『不會不會，沒關係啦，畢竟是我自己硬要加入會議的。』

狼森小姐微微搖頭，大方地微笑說道。

『《青梅竹馬》似乎將成為需要我們公司全心投入的重點工作，所以我很想看看妳們兩人平常是怎麼開會的。不過今天看起來似乎沒什麼問題，那就請妳們今後繼續融洽地好好加油了。』

「啊哈哈，謝謝妳。」

『────』

「不不不，白土老師，妳太過獎了！我根本什麼也沒做！這部作品都是憑藉白土老師的實力，才能夠大賣和動畫化啦！」

接著，我們又針對動畫化的剩餘幾個細節進行確認，然後白土老師就退出視訊通話了。

畫面中只剩下狼森小姐一人。

『白土老師好像很有幹勁呢。』

「那是當然的呀，畢竟這可是白土老師的初次動畫化。」

動畫化。

對輕小說作家而言，動畫化的意義果然十分特殊。

當然，對我們從事編輯工作的人來說也是如此。

『她能夠鼓足幹勁這一點當然值得感謝，不過還是得注意別讓她太過勉強了。』

「我知道。無論如何，我都會盡力以作家的身體狀況為優先。」

『不過，這句話其實也可以對妳說。抱歉啊歌枕，妳難得返鄉，我卻要妳配合我，讓我在奇怪的時間點參與會議。』

「不會，請別這麼說。既然白土老師也犧牲中元節假期努力工作，我怎能一人獨自悠哉呢？」

我一邊說，一邊重新環顧周遭。

這裡——不是我和美羽平時的家。

是在我度過年少時期的家中，位於二樓的房間。

八月中旬。

中元節假期——第一天。

我和美羽回到了位於本縣北部的老家。

我父母所居住的，我的老家。

我們大約是今天中午抵達的，預計會在這裡待上兩天左右。

這個家最近終於也能夠連上Ｗｉ-Ｆｉ了，所以我可以用從家裡帶來的筆電處理工作。

「……《青梅竹馬》的動畫化真的好令人期待喔。」

我發自內心感慨地說。

『說起來，這對歌枕妳也是意義非凡呢。』

「是的。因為這是我從頭開始負責的作品，第一次要製作成動畫。」

如果是中途接手的作品，那麼我確實已經有過好幾次經驗，不過自己從一開始就負責的作品要動畫化，這還是頭一遭。

所以，我不但把這件事當成自己的事情一樣開心，理所當然也是幹勁十足。

「如果可以，我也想卯足全力參與製作……不過嘛，這也是沒辦法的事。畢竟我住在東北，實在很難做到那種程度。」

不僅連我老家這種鄉下地方都逐漸開通Ｗｉ-Ｆｉ，遠距工作甚至還受到多方鼓勵的現今時代。

我雖然可以繼續住在地方都市，勉強在版權代理公司從事編輯行業……可是提到動畫，情況就不一樣了。

和出版書籍不同，動畫化會牽涉到各式各樣的業界。

出版業界、動畫業界、配音員業界、活動業界……由不同領域的專家集結各自的力量，將作品銷售出去的龐大企畫。

這就是——動畫化。

想要置身這麼一大筆生意的中樞……即便是在網路發達的現代，如果不是住在東京，那麼起碼也要住在關東地區，否則是很難辦到的。

「雖然我已經想出一些希望能配合動畫化執行的促銷企畫案……不過由住在這裡的我來主導似乎不太可能，所以我會把企畫書寄過去，到時再麻煩妳們決定是否可行。」

『…………』

「我會和往常一樣，和白土老師一起在原作這一塊繼續努力，動畫相關的事情就交給狼森小姐你們了。」

『……嗯～也是啦，目前好像也只能如此了。』

狼森小姐思索一會後這麼說。

因為她一副語帶保留的口氣，我決定問個清楚。

『對了——』

結果我還來不及開口，她就改變話題了。

『妳和左澤巧——後來怎麼樣了？』

「…………」

我——無言以對。

同時感覺自己全身的動作一下子變得僵硬起來。

「這、這個嘛……」

『妳的舉止忽然就變得好怪異呢。虧妳工作的時候那麼流暢，給人這個編輯很可靠的感覺。』

狼森小姐面露苦笑。

『哎呀，我本來還心想歌枕妳經過這十年的磨練，已經成為一名出色的編輯了，結果妳一碰上感情的事情就立刻變得好沒用。』

「嗚嗚……」

『瞧妳那個樣子，妳和左澤的關係似乎還是很尷尬呢。』

「……是的。」

我點頭了。

也只能點頭承認。

『居然一時衝動吻了對方，卻到現在都還沒有跟對方交往……真是的，妳到底在搞什麼啊？』

她繼續用挖苦的口吻說。

『要怎麼說呢……就是那個啦。如果借用妳的話來說，妳不覺得這齣戲有點拖太久了嗎？』

「唔！」

『劇情都已經推入高潮了，結果兩人卻沒在一起，這樣未免太掃興了吧。實在讓人有種「你們兩個怎麼還在拖拖拉拉」的感覺。一直磨磨蹭蹭、舉棋不定……明知兩情相悅卻裹足不前……再怎麼猶豫不決也該有個限度。』

「嗚、嗚嗚……」

剛才我說得一副很了不起的話，現在全報應在我自己身上了。

「……妳、妳這樣說太狡猾了啦，狼森小姐。怎麼可以將虛幻和現實混為一談呢……再說，創作愛情喜劇的作者和編輯也不全都是戀愛高手啊。」

『啊哈哈，這麼說也對啦。』

狼森小姐豪邁地大笑。

『不只是作家和編輯，其實每個人都一樣。虛構的愛情喜劇、藝人的不倫戀，又或者是朋友的戀愛八卦……如果是別人的事情，任誰都能自以為了不起地講出一番大道理。可是一旦自己成了當事人……就什麼都沒辦法照自己的意思發展了。所謂的戀愛就是這麼回事。』

「…………」

雖然不願意承認，但她說的一點都沒錯。

如果是以編輯或讀者的立場來看，就能用非常冷靜的態度去分析狀況，提出中肯的意見。

像是男主角的行動太沒男子氣概、女主角的被動性格讓人壓力好大，還有這樣的劇情發展會讓讀者不滿等。又或者不只是愛情喜劇，對於藝人的不倫戀和離婚，也都能夠評論得頭頭是道。

可是。

一旦自己成了當事人——就會變得無法按照心裡所想的去行動。

既選擇不出最佳解決辦法，即便腦袋知道該怎麼做，也怎樣都無法付諸實行。

心靈和身體兜不在一塊，結果只能在奇怪的地方裹足不前。

然後自己對自己益發厭惡。

『妳要不要試著用客觀的角度來看呢？以編輯的視角去俯瞰自己，試想編輯歌枕綾子，會如何將年齡差愛情喜劇的女主角歌枕綾子，打造成一個迷人的角色……』

「……呃，我又不是女主角。應該說……讓有小孩的三字頭女人當女主角，這太勉強了吧。」

假使我負責的作家提議要寫那種作品，我想我絕對會駁回。還會「我說你啊，就算最近的讀者年齡層有在慢慢上升，輕小說的內容基本上還是以國高中生為讀者群喔？」這樣說服對方。

『這個嘛……或許的確是太勉強了。那不然，如果是成人向小說應該就行得通了吧？』

「……妳是說，要我當成人向小說的女主角嗎？」

『因為妳的胸部感覺很適合啊。』

「這、這跟胸部又沒有關係！」

雖然可能真的有關！

雖然無論是成人向的內容……還是給國高中生看的內容，胸部的大小都算得上是左右銷售額的重要因素！

『好了，玩笑話就暫時先放一邊。』

狼森小姐說道。

『妳這次能夠因為回家鄉，和他暫時保持距離也挺好的。妳就趁這個機會……稍微平靜一下心情，冷靜地思考他的事情，還有妳自己的事情吧。』

「…………」

我輕輕地嘆了口氣。

然後慢慢地回想。

回想從我一時衝動吻了他的那天，到我回老家至今的經過。

回想我和他現在的關係，是怎麼變得如此尷尬的。

照理說跨越所有阻礙，接下來就只要長相廝守的我們的情路……到了最後的最後，依然拖拖拉拉到令人不敢置信。

第一章
接吻與脫軌

我，歌枕綾子，3×歲。

時光飛逝，我收養因故過世的姊姊夫婦的孩子至今已經十年。

我原本暗自希望女兒將來能夠和隔壁的阿巧結婚，一邊過著平淡無奇的生活——豈料有一天，那個阿巧竟突然向我告白。

說他喜歡的是我，不是我女兒。

驚天動地。

青天霹靂。

因為他的告白，我倆的關係驟然改變。

無法再繼續當普通的鄰居。

經過種種糾結之後，我做出「暫且保留」這個超級沒用的答覆，可是心地善良的阿巧還是溫暖地接受了那樣的我。

之後，我們經歷了各式各樣的事情。

先是他感冒了我去照顧他，後來我們一起出去約會，最後還在不得已的情況下到愛情賓館共度一宿。

我漸漸意識到他是個男人，並且受到他這名異性的吸引。

然後，美羽發出的宣戰宣言——以及隱藏在那背後的溫柔真心。

多虧女兒，我總算察覺自己的心意了。

我喜歡阿巧。

真的好喜歡他。

我已經無法再把他當成鄰居少年看待。

而是將他視為男人、視為異性，真正地喜歡上他。

一旦承認自己的心意之後，心情頓時變得好輕鬆。

過去內心的那些糾結彷彿不存在一般。

我以前到底在害怕什麼？

年齡差？

有女兒？

我真像個笨蛋。

他明明是在對那些一清二楚之後，還高聲大喊喜歡我。

假使真有阻礙，那也全都是我自己製造出來的。

已經沒有什麼好怕了。

已經沒有必要迷惘了。

他喜歡我，而我也喜歡他。

既然如此，答案就只有一個。

只要順著再也難以按捺的本能行動，所有事情一定都會很順利。

沒問題。

不需要擔心任何事。

我們之間已無須言語——

總之。

我是如此認為的。

於是。

從家族旅行回來之後。

開始放中元節假期的前兩天。

在阿巧來當美羽的家教老師時——我在玄關吻了他。

在沒有和對方交換隻字片語，完全出奇不意的情況下。

如果要我替自己辯解。

我會那麼做，是因為察覺並肯定自己的心意……應該說，是一種一切都結束了的感覺。就好比終於解決完堆積如山的工作，然後開始放長假一般的強烈解放感。

壓抑許久的情感瞬間爆發，讓我一不小心做出過於衝動的示愛表現。

卻沒考慮到我們跳過了最重要的步驟。

今天的授課結束，阿巧回去之後——

「……吶，媽媽。」

美羽來到客廳。

「巧哥今天的樣子明顯怪怪的……他一直在發呆，不管我跟他說什麼，他都心不在焉的模樣。」

對人在廚房的我問道。

而此刻的我，正滿心愉悅地邊哼歌邊洗碗。

「你們兩人是不是發生什麼事了？」

「嗯～這個嘛～」

我曖昧地回答。

雙頰還不由自主地泛起紅暈。

「如果妳問我是不是發生了什麼事，那或許算是有吧。」

「那、那是什麼故弄玄虛的回答啊？」

「喔呵呵。哎呀，這件事對妳來說可能有點難理解，畢竟這是大人的事情嘛。」

「……這話聽起來超討人厭的。」

美羽儘管看似打從心底鬱悶地這麼說，但大概還是壓抑不了好奇心吧。

「所以……究竟發生什麼事了？」

於是繼續問道。

她雖然裝作若無其事的樣子？看起來卻在意得不得了。

「嗯～這個嘛……就是發生了會留在回憶裡的事。」

不能說、不能說。

把和最喜歡的他初次接吻的事情告訴女兒，實在太教人難為情了。

雖然……我其實有一點想說啦！

有點想要講出來炫耀啦！

「該、該不會——」

美羽好像從我的態度察覺到什麼，一臉迫不及待地開口詢問。

「媽媽，妳終於決定和巧哥交往了嗎？」

「……算是吧。」

我害羞地回答，結果美羽瞬間雙眼發亮。

沒錯。

我和阿巧——終於在一起了！

交往了！

成為情侶了！

雖然之前發生過許多事，如今卻感覺那一切不過只是鋪陳。過往的種種阻礙和意外，全都是為了將我們不被允許的愛滋養得更加濃烈的演出。如果要比喻的話，我倆就好比羅密歐與茱麗葉！

啊，這份無敵感是怎麼回事！

我感覺自己現在什麼都做得到！

說不定還能久違地角色扮演成小灯弓呢！

「喔……是喔，這樣啊。哼嗯～哼嗯～」

美羽看似難掩驚訝，誇張地頻頻點頭。

她的樣子看起來是又驚又喜。

「終於啊……終於抵達終點了啊。」

「什、什麼抵達終點……瞧妳說的好像我們要結婚一樣，真是的！妳太心急了吧！」

「什麼嘛，妳還不是一臉很開心的樣子？」

美羽傻眼地吐槽害臊的我。

「哎呀，不過我還真是嚇一跳呢。之前明明那麼拖拉，結果下定決心之後就一口氣往前衝了啊。我稍微對妳刮目相看了喔，媽媽。」

「欸嘿嘿。」

「不過，我想這一切應該都要歸功於我完美的計畫。」

「這……嗯，感謝妳。我能夠有今天，都是託我能幹的女兒幫忙督促的福。」

「嗯嗯，很好。」

互相開玩笑之後。

「不過……真是太好了。」

美羽由衷感到安心似的笑了。

「媽媽，恭喜妳。」

「美羽……嗯，謝謝妳。真的謝謝妳。」

美羽笑了，我也笑了。

啊，多麼幸福的感覺啊。

世界彷彿都變成了玫瑰色。

女兒願意支持我的幸福——兩個家人對於幸福的形式，懷抱著相同的夢想。

這真的是一件幸福，而且宛如奇蹟般的事情。

不過嘛……也許再過不久就會變成三人，而不是兩人了。

開玩笑的，我開玩笑的啦！

現在說那個還太早了！

「對了，媽媽。」

美羽看似意猶未盡地接著問。

「妳對巧哥——說了什麼，你們才開始交往的？」

「……咦？」

說了？

什麼？

「『咦』什麼啊？妳應該有說些什麼告白的台詞吧？」

「喔，妳是說那回事啊。」

我誇張地點頭，哼笑一聲。

「年輕……妳太年輕了啦，美羽，居然會說告白那種低層次的話。聽好了，大人的戀愛——是不需要言語的。」

沒錯。

大人的戀愛不需要言語。

不多話才是大人的表現。為了交往而特地告白……必須脫離會那麼做的學生時代才行！

那一個吻，應該已經將我滾燙沸騰的愛意全部傳達出去了才對！

一次的接吻，即是勝過千言萬語的愛情表現！

對於我這套成熟而浪漫的論調。

「不，我不是那個意思。」

美羽毫不理睬。

真是的，最近的年輕人很不重視情感耶。

「在你們決定交往之前，妳沒有主動說些什麼嗎？像是抱歉這麼晚才回覆告白，或是今後請多指教之類的。」

「這……呃，沒有特別說什麼耶。」

「……嗯？」

美羽原本開朗的表情，瞬間變得滿臉詫異。

「咦？沒有嗎？」

「我並沒有特別說些什麼……」

「這麼說來……是巧哥又再次向妳告白嗎？」

「……倒也不是這樣。阿巧他……也什麼話都沒說。」

「……嗯嗯？」

美羽的表情已經超越詫異，變得不知所措了。

一臉狐疑的困惑表情。

「媽媽，我問妳……」

然後用非常不安的神情對我問道。

「妳真的，真的和巧哥交往了嗎？」

「…………」

奇怪？

『呃，那樣應該不算有在交往吧。』

隔天。

我抱著狗急跳牆的心態找狼森小姐商量，結果她立刻斬釘截鐵地這麼說。

一句話就完全否定我的想法。

順道一提……因為商量內容實在太過羞恥，所以我姑且像在做垂死掙扎地加入「這是發生在我朋友身上的事情」這樣的開場白，結果一點用處也沒有。

好吧，其實我也知道。

既然我從以前就找狼森小姐赤裸裸地商量過各種事情，事到如今根本沒必要害臊……可是，這次的情況比較特殊。

找人家商量這件事實在太丟臉了。

一時衝動吻了向自己告白的對象，卻還要問別人我們現在到底算不算正在交往──

「沒、沒有在交往嗎……？」

『嗯。』

「真、真的嗎……？」

『嗯，真的。』

「絕、絕對不會有錯……？」

『嗯，絕對不會有錯。』

看來是真的絕對不會有錯了。

看來我和阿巧沒有在交往這件事——是真的絕對不會有錯了。

「天、天啊……怎麼會有這種蠢事……」

我雙腿一軟，差點就要把電話摔到地上。

『坦白說，我才想問妳怎麼會做出這種蠢事哩。』

狼森小姐用打從心底感到傻眼的口氣說。

『我反倒想問妳，妳為什麼會認為你們正在交往？』

「因、因為……我，那個，要怎麼說……阿巧不是向我告白了嗎？後來，我請他讓我暫且不對告白做出答覆……」

『我知道，妳很委婉地讓他當備胎嘛。』

「麻煩注意一下妳的措辭！」

雖然這是事實！雖然就結果來說是這樣沒錯！

但是……即使是事實，我覺得也不能因為這樣就口無遮攔。

「換、換句話說，我是在讓他等候答覆的狀態下，主動……吻、吻了他喔？

這樣不就……等於是答應告白了嗎？這樣的答覆，不是比起任何言語都要來得確切有力嗎？」

『啊……原來如此。』

狼森小姐的語氣顯得十分複雜。

『我雖然不太懂妳在說什麼，不過我大概明白妳想表達的了。簡單來說，親吻就是歌枕妳表示答應的方式，對吧？』

「就、就是這樣。」

我當然答應了。

要是不答應，我怎麼可能會親吻對方呢？

不過話說回來……其實我也沒有想得那麼具體，感覺比較像是情感爆發後，就一時衝動那麼做了。

「大、大人的戀愛，應該不會特地在交往之前告白吧……？應該是重視情調和氣氛……然後要怎麼說，兩個人就一步一步慢慢地在一起了對吧……？」

我感覺是這樣的。

感覺書本和網路上都是這樣寫的。

『呃，這個嘛……的確很少人會像學生一樣鄭重地告白……即便如此，冷不防就親吻對方也太那個了吧……？再說，你們兩人的戀愛算得上是大人的戀愛嗎？』

狼森小姐態度含糊地接著說。

『說到底，最重要的還是左澤的反應，不是嗎？』

「阿巧的反應……？」

『假使對方有確實接收到妳的意願，那就一點問題也沒有。雖然我是覺得用親吻來回覆告白實在很丟人——啊不對，是有點太羅曼蒂克了。』

「……妳改口得太慢了。」

我清楚聽見丟人二字了。

應該說，這女人八成是故意要讓我聽見的吧。

『感情這件事到頭來，都是兩個當事人自己的問題。因為並沒有一個明確的做法，所以只要你們兩人滿意就好了。沒錯，是你們兩人。』

「…………」

『妳再把事發經過說得詳細一點啦。像是妳吻他的時候彼此說了什麼話，麻煩盡可能說得具體一些，並且盡量克制妳陷入愛河的少女心。』

「……好。」

一個深呼吸之後，我冷靜地回溯記憶。

盡可能排除主觀意識，客觀地回想那段閃耀著玫瑰色澤的幸福記憶——回想我因陷入愛河而欣喜若狂時的對話。

雙唇相接的時間，整整有十秒之久。

阿巧大概是太吃驚了，整個人徹底僵住不動。

至於我，則是趁著他動也不動時為所欲為。我用手環抱住他的頸子——激烈地將唇按上他的。

熱烈，熱烈，熱烈。

貪婪地享受他柔軟的嘴唇。

不久——幸福無比的時間結束了。

我像是捨不得離開一般，非常緩慢地鬆開他的唇。

「綾、綾子小姐……？」

正當我陶醉地沉浸在餘韻之中，阿巧發出極度慌張的聲音。

「呃……剛、剛才那是……？」

滿臉通紅地說出理所當然的疑問。

而我用食指——堵住了他的嘴巴。

用一根手指，觸碰剛才嘴唇接觸過的位置。

像是在說「別問那種不知趣的問題」。

「……！」

「沒關係，你什麼都不必說，阿巧。」

我以沉穩的語氣，以彷彿參透森羅萬象的語氣，如此說道。

心想，我倆之間不需要言語。

覺得這份熾烈濃郁的情意，憑言語是怎麼也表達不清的。

認為這熱情的一吻，已經傳達了一切。

我們兩人終於結合了——

「呃，請、請問……」

「好了，美羽在等著呢。好好加油喔，家教老師。」

「…………是、是的。」

阿巧自始至終都一臉困惑，露出有話想說、有事想問的表情，然而他最終還是什麼也沒說，就這麼走上美羽在等待的二樓。

我倆完全沒有針對交往進行具體的談話——

「……奇怪？我們沒有在交往？」

以客觀視角結束回想之後，我忍不住怪聲驚呼。

咦咦咦？

怎麼感覺……我們根本沒有在交往？

一句重要的話也沒說！

雖然其中一方覺得一切都結束了，另一方卻依舊滿頭問號，事情根本還沒了結。

好奇怪……明明在我眼中的世界裡，熱情的火焰平靜卻又能熊地燃燒著，若要比喻的話，就好比黑白電影中的高潮情節般浪漫——然而在客觀世界裡卻不是這麼回事。

應該說……我們根本就沒有好好地溝通！

『原來如此，看來左澤做出了極為正常的反應呢。他試圖對突如其來的親吻，提出理所當然的疑問。照理說，接下來你們應該會進入到討論要不要交往的程序。』

『但是——』狼森小姐接著說。

『歌枕妳……擅自封殺了那個程序。』

「——！」

天啊啊啊！

我、我到底在做什麼？

為什麼、為什麼？

為什麼——我要打斷阿巧的話？

像是在說「別問那種不知趣的問題」地打斷他！

明明一點都不會不知趣！那分明是非常必要的問題！

「沒關係，你什麼都不必說，阿巧。」——什麼跟什麼嘛！

我為什麼要擺出這種身經百戰的戀愛高手般的態度？

『真是的，妳到底在搞什麼啊？』

滿是錯愕的一句話。

對經常語出諷刺、挖苦的狼森小姐來說，如此單純的傻眼台詞難得一見。

現在的我，大概真的淒慘到那種程度吧。

「不是……不是這樣的，狼森小姐……我、我並不是出於惡意才那麼做的，只是當時我太興奮了，整個人欣喜若狂……有種終於跨越所有障礙、抵達終點的感覺……」

『好啦……其實我可以明白妳的心情。』

狼森小姐說。

『對歌枕來說，要妳承認自己喜歡左澤，恐怕不是那麼容易的事情。年齡差距、女兒、把鄰居少年當成異性看待，還有往後的生活……因為妳必須考慮各式各樣的事情，需要一些時間和勇氣才能夠下決定。』

「…………」

『雖然歌枕妳一方面是在美羽的推波助瀾下，才終於做出那個決定……不過在這之前妳也是煩惱了許久，所以才會在做出決定後頓時變得飄飄然，產生一切終於都結束了的感覺……』

「嗚、嗚嗚……」

沒錯，一切就跟她說的一樣。

我和阿巧的感情之路。

路上所有的阻礙全是我自己製造出來的——換個方式來說，只要我下定決心，那些全部都能獲得解決。

而我下定了決心。

做出「我喜歡他」的這個結論。

具體而言——我是抱著不惜從女兒手中搶走也想和他交往的決心去抗爭，最後發現女兒其實也一直都在支持我。

強烈的解放感。

強烈的成就感。

滿心以為不管怎樣都會是快樂結局，整個人高興得飛上了天。

結果……我就一時衝動吻了他，還說「你什麼都不必說」，表現得像個喜歡憑氣氛去感受，讓一切盡在不言中的女人。

『該怎麼說呢，要比喻的話……大概就像是，辛苦求職的大學生終於拿到想要進入的企業的錄取通知書，結果在慶功宴上酒後失控，因此被取消錄取資格吧。』

「……簡直糟透了。」

好慘。

足以令人生產生劇變的大失態。

至今付出的辛勞全都泡湯了。

『不過說起來，妳會失控也是沒辦法的事。這是妳睽違十年才又交到的男朋友對吧？收養美羽的這十年來，妳一直都過著沒有男人的日子。突然對閒置十年的車子發動引擎，不論發生哪樣的意外都沒什麼好奇怪的。』

「……何止十年，我連一次也……」

『咦……？』

「啊！沒什麼。」

『歌枕……妳該不會——』

「……！對、對啦！不行嗎？我就是這輩子活到現在都沒有交過男朋友啦！」

我在對方還沒開口之前，就惱羞成怒地大吼。

「……有、有什麼辦法嘛，誰教我就是一直都遇不到桃花？而且就讀的高中和大學也都是女生比男生多……收養美羽之後就更是不用提了……」

『原來是這樣啊。』

狼森小姐一派恍然大悟的語氣。

『哎呀，抱歉我剛才嚇了一跳。這沒什麼好羞恥的，況且沒跟人交往過，在現在這個時代也不是什麼稀奇的事情。我想，這大概代表妳這個人的貞操觀念很強吧。』

……其實並沒有那麼了不起。

我只是沒什麼桃花運，又不努力去尋找對象罷了。

『原來如此、原來如此，這是歌枕妳不止睽違十年，甚至是人生第一次的初體驗啊。這樣看來，也難怪妳會失控脫軌了。』

說完這番總結般的話之後。

『話說回來……歌枕。』

她又補上一句。

『既然妳從來沒交過男朋友……那麼和左澤的那個吻，該不會是妳的初吻吧？』

「……可、可以這麼說。」

『唉……這樣啊。我該跟妳說什麼好呢……沒想到妳居然打從初吻，就把油門踩到底向前猛衝了。』

「嗚、嗚嗚……」

啊真是的，我到底在做什麼啊？

那明明是值得紀念的初吻！

我怎會如此失控呢！

「我、我該怎麼辦才好……？」

『還能怎麼辦？當然只能用言語去表達啦。』

狼森小姐嘆道。

『妳現在也只能用言語表達，跟他說「我喜歡你，請跟我交往」了。』

「……說的也是喔。」

只有這個辦法了。

只能透過言語明確地表達。

無須言語——之前我飄飄然地這麼以為，但這是不可能的事。

看來言語果然還是必要的。

我知道。

我的腦袋非常清楚這一點。

可是——

「……唔～啊……咦？可是，我該拿什麼臉去跟他說……？」

我都親過他了耶？

現在才要回到確認要不要交往的步驟嗎？

好、好尷尬……雖然這完全是我自作自受，還是覺得好尷尬。

『我看，妳也只能努力從頭開始解釋了。說妳是因為一時情緒高漲，才不小心做出「用親吻來回覆告白」這種耍帥的行為。』

「…………」

那樣會不會太悲慘了？

簡直就像是自己解釋自己的笑話一樣。

『我知道妳心裡覺得尷尬，但要是不快點解釋，左澤就太可憐了。』

「……嗚嗚，說、說的也是。」

我一不小心就只顧著替自己想，但其實最可憐的人是阿巧。

站在我的角度，我是以非常浪漫的方式回應告白，感覺所有事情都獲得了解決。可是如果從阿巧的觀點來看——

突然被人親吻之後，原本想詢問理由，卻被對方以一句「你什麼都不必說」單方面地拒絕溝通。

唔哇……唔哇啊啊啊啊啊！

「阿巧現在一定很不知所措……」

『就是啊……』

「……妳、妳一定覺得我很丟人吧？」

『與其說丟人……應該說滿讓人傻眼的吧。』

狼森小姐回答。

以傻眼的口氣這麼說。

『因為如果客觀地只擷取事實……就會變成是一個年過三十的女人，突然親吻住在隔壁的男孩。也沒有獲得對方同意，就單方面地強吻……幸好左澤已經超過二十歲了，假使他還未成年……問題可就沒那麼簡單嘍。』

「………」

我的魂魄差點都要飛走了。

看樣子，為了終於能夠兩情相悅而欣喜若狂的我，不僅放棄溝通、一個人自顧自地興奮自嗨……最後還差點就要犯罪了。

必須設法做些什麼才行。

可是，該怎麼做？

直到隔天，我依舊不停地思考這個問題。

我當然知道該做的事情就只有一個。

但是……好尷尬。

尷尬到非比尋常的程度。

我不知道該用什麼臉去見阿巧。

啊真是的，我為什麼要吻他呢？要是沒有那個吻就不會有事了。明明不管怎樣最後應該都會走向快樂結局，我卻自己把事情搞得這麼複雜。

好像自己把直線道路弄成了迷宮一樣——

可是，也不能就這樣一直煩惱下去。

因為即便是此時此刻，阿巧想必也正在不知所措。

必須儘快……但是，好尷尬。當面表達心意我實在辦不到，還是想個計畫好了……啊，不行不行！要是那麼做，我肯定又會製造出迷宮的。乾脆憑著一股氣勢……呃，等一下，可是我是那種會在衝動之下，不管三七二十一就親吻對方的女人耶。無論是擬定作戰計畫還是不顧一切地進攻，最後都會自爆……我到底是什麼樣的女人啊？啊真受不了，我該怎麼辦才好——

我就像這樣，舉棋不定、悶悶不樂地煩惱個不停。

然而老天爺似乎並沒有好心到，願意給我這種沒用的女人大量的時間去煩惱。

「咦……」

「啊！」

好巧不巧地。

我在家門前和阿巧碰面了。

因為我和他是鄰居。

是即便不刻意為之，一星期還是會見到一次面的鄰居。

就在我買完晚餐的食材回到家時，我倆在門口撞個正著。

從他上下半身都穿著運動服、手裡抱著肩背包來看，他今天大概有去參加大學社團的活動吧。

「綾子小姐……」

阿巧的表情中混雜了靦腆和尷尬。

至於我……已經不是尷尬二字可以形容的程度了。

「那個……關於昨天——」

「～～～！」

冷不防地。

我狠狠地把臉別向一旁。

奇怪？為什麼？怎麼會？

為什麼我會——把臉別開？不行啊，這麼做是絕對不可以的。我知道，我非常清楚這一點……可是我的身體不聽使喚。

無法正視他的臉。

極度的緊張、羞恥，對於昨天那件事的不安與罪惡感，以及——與他面對面後再次感受到的愛戀心情。

太多太多的情感一口氣湧上來，令我腦袋一片空白。

整顆心滿到快要爆炸了。

「……綾子小——」

「不、不要過來！」

我舉起手臂，制止想要靠過來的他。

反射性地擺出像是拒絕他的態度。

「等等……拜、拜託你等一下……」

徹底陷入恐慌狀態。

不知道該說什麼才好。

腦袋完全停止運作。

但是……必須說些什麼才行。

必須好好解釋，我用親吻回覆告白的丟人舉動，是一時情緒高漲所造成的意亂情迷——

「不、不是的……昨天那件事，那個，要怎麼說……只、只是一時意亂情迷！所以，可以的話希望你能夠忘了……」

「咦……」

正當我拚命解釋時，阿巧發出錯愕的聲音。

那聲「咦……」聽似平靜，卻感覺受到了打擊。

「只是……意亂情迷嗎？」

「沒、沒錯，就只是意亂情迷，又或者說是一時興起……」

「一時興起……就只是一時興起嗎……？」

阿巧的語氣彷彿陷入深深的絕望之中——嗯？

奇怪？

等一下。

我好像……把那個吻本身說成是意亂情迷了？

不對不對不對！

我所謂的意亂情迷，指的是用親吻回覆告白這個錯把丟人當成浪漫的行為

啊！

我希望阿巧忘記的就只有這一點！

吻了他這件事——想要親吻他的心情並不是意亂情迷。

糟、糟糕……

得把我的心情表達清楚才行。

否則再這樣下去，我就會變成抱著玩玩的心態吻了他之後，又馬上說「忘了

吧」這種話的超級渣女了。

我會變成欺騙玩弄純情青年的壞女人！

況且，那個吻八成也是阿巧的初吻……！

「原來綾子小姐是用那麼隨便的心態……」

「不、不是的！不是那樣……事情不是你想的那樣。」

我拚命地想要找理由，腦袋卻轉動不起來。

愈是著急，嘴巴和思緒就愈是打結。

「我絕對不是抱著隨便的心態那麼做……不、不過，其中也不是沒有帶著衝動的成分……所以最後才會失敗……啊！雖然說失敗了但我並不後悔……不對，我雖然很後悔……但是……啊，不對不對……嗚嗚……」

我語無倫次到連自己都不敢相信。

思考迴路更是混亂至極。

腦袋和心情都一片紊亂，不知道該如何和說些什麼才好。

後悔、焦躁、緊張、罪惡感、羞恥心……各式各樣的情感滿溢而出，充斥了整顆心。

我好想立刻逃離現場——但是。

不能就此退縮。

要是現在退縮了，恐怕只會引來更深的誤解。

更重要的是——那樣會深深地傷害阿巧。

畢竟親吻那件事，本來就已經令他茫然無措了。

他心裡想必一定很不安、很混亂吧。

無論如何，我都想儘快給出結論，不要讓他繼續困惑下去。

「阿、阿巧，你等一下……吸～吐～吸～吐～」

為了重整心情，我大口地深呼吸。

好了。

沒問題了。

現在就在這裡把一切解釋清楚吧。

不論是多麼羞恥的事情，都確實地化作言語說出來。

我要說明事情的原委，並且毫無保留地表達我的心意。

不需要言語……我不會再那樣愚蠢地耍帥，而是透過言語清楚地傳達。

「阿、阿巧，你聽我說——」

正當在緊要關頭下定決心的我，終於開口的那瞬間。

老天爺又給了我一個考驗。

看來，老天爺似乎非常討厭我這個女人。

大概是我讓阿巧久候又將他耍得團團轉，所以上天要給我這樣的懲罰吧。

「哎呀，是你們兩個。」

「——！」

我頓時一驚。

原本靠著深呼吸平穩下來的氣息，一下子又亂掉了。

出現的人是——左澤朋美。

阿巧的母親。

她一手提著環保袋，朝彼此面對面的我們走近。

應該是巧合吧。

畢竟——我們就住在附近！

是隔壁鄰居！

即便不刻意為之，一星期還是會見到一次面。

無論是阿巧，還是他母親都一樣。

更何況現在正好是要準備開始煮晚餐的時間，而我本身也剛買完晚餐的食材回來。

既然如此……我會和同樣買完晚餐食材回來的朋美小姐在家門前碰到面，也是很正常的事情。

雖然無疑是巧合，卻是發生機率相當高的巧合。

儘管如此。

也不用現在發生那種巧合吧……！

「你們怎麼會在這裡？」

朋美小姐不以為意地問道。

「呃，沒、沒什麼。」

「那、那個……」

應該說理所當然嗎？阿巧和我都無比驚慌。

我們兩人將視線從朋美小姐身上移開，現場瀰漫著超級尷尬的氣氛。

結果。

「……咦？哎呀！」

朋美小姐瞬間瞪大眼睛後，露出不自然的笑容。

「我該不會……打擾到你們了吧？」

「——！」

「媽、媽……」

我們頓時渾身一顫。

由於朋美小姐對我們兩人的關係已經有某種程度的了解，所以她似乎從這個難以言喻的氣氛中察覺到什麼，並且在腦中妄自想像了。

「討厭啦，我這個人真是的……不好意思喔，因為我見到你們兩人，就忍不住出聲了。電燈泡馬上就會消失，請兩位繼續——」

「什、什麼事也沒有啦！」

難為情和尷尬指數破表的我，忍不住大聲地說。

「真的……什麼事也沒有！我和阿巧只是偶然見到面然後稍微聊兩句而已……呃，那個……我還要準備晚餐，先告辭了！」

自顧自地說完後，我立刻逃也似的離開現場。

依舊沒能對阿巧好好地解釋。

儘管心中充滿罪惡感……但是辦不到！

這樣我真的做不到！

做好心理準備，下定了決心。

而且也深呼吸，鼓起勇氣了。

我本來打算好好努力，不想再給阿巧添麻煩。

可是……我做不到！

我無論如何都沒有勇氣在對方的母親面前告白！

以上。

這就是──我們的關係變得尷尬的過程。

說起來……全都是我害的。

阿巧一點錯也沒有。

一切都是我不對。

然後很不巧的，隔天開始就是中元節假期。

我早就計畫好要帶美羽回老家去。

接下來兩天，我將物理性地離開和鄰居偶遇機率變得極高的這個家。

「美羽，東西都帶了嗎？」

「帶了、帶了。」

早晨──

把過夜用的行李塞進車廂後，我和美羽坐進車內。

「妳有帶暑假作業嗎？」

「沒有，不過沒關係。」

「……怎麼會沒關係？美羽，妳這個暑假完全沒有寫作業吧？」

我忍不住說出為人父母的擔憂。

我雖然有見過美羽在寫家教老師阿巧出的功課，可是她好像幾乎都沒有動學校的作業。

這樣沒問題嗎？

暑假都已經過一半了耶。

「我已經從最後一天反推回去，制定好計畫了，所以沒問題的。我只要中元節假期結束後發揮全力趕工，就一定來得及。我的計畫不會失誤的。」

「……既然妳這麼有計畫性，怎麼不早點寫完呢？」

為什麼要從最後一天反推回去？

這個計畫分明只要有一天身體不舒服，就會有失敗的危險性。

不過嘛……我所負責的作家之中，的確也有這種「非得火燒屁股了才能拿出幹勁」的人。這種類型的人……會因為沒有在第一次截稿日——這個就算沒有準時交也還過得去的截稿日交件，而在之後發揮急起直追的驚人力量。

「先不說我的事情了，媽媽妳不要緊嗎？有沒有忘了什麼東西？」

「我嗎？我沒問題啦，而且電腦也有帶在身上了。對了美羽，今天下午我可能得稍微開一下會，到時妳就和外公他們——」

「我不是說那個。」

美羽打斷我的話，插嘴說道。

「我不是在說物理上，而是心理上被妳遺忘的東西。」

「心理上……？」

一頭霧水的我跟著重述了一遍。

然後，我從副駕駛座的窗戶望向外面。

視線朝向鄰居家——也就是左澤家所在的方向。

「啊！是巧哥。」

「～～～～！」

駕駛座上的我反射性地躲起來。

為了不讓頭被外面的人看見，我拚命地將身體蜷起縮小。

過了幾秒後。

「開玩笑的，我騙妳的啦。」

美羽一派輕鬆地這麼說。

「……咦？騙、騙我的……？」

「看樣子，妳好像把一件很大的東西給忘了喔。」

看著愣住的我，美羽重重地嘆了口氣。

心理上被我遺忘的東西。

我終於——明白她的意思了。

「真是的，妳為什麼要躲起來啊？」

「我……沒、沒有為什麼啦，我只是覺得現在跟他碰面有點尷尬而已。」

我並不是想逃避。

只是……好尷尬。

不曉得該用什麼表情去見他。

若是沒有做足心理準備，就不知道該從何說起和說些什麼。

因為深陷苦惱和糾結之中，才會不由自主反射性地躲起來。

「唉唉，真教人不敢相信。」

美羽看似真心感到難以置信地說。

「好不容易聽說你們交往的消息，結果居然只是妳一人在誤會自嗨，兩個人其實根本沒在交往。到底要怎樣才能把事情搞得這麼複雜啊？」

「……妳、妳很囉唆耶。」

「還有，妳昨天都難得遇見巧哥了，可是最後還是一點進展也沒有對吧？」

「因為……有、有什麼辦法嘛。阿巧的媽媽出現之後……實在很難再繼續講下去，所以才會……嗚嗚。」

「所以才會帶著這種尷尬的氣氛，進入中元節假期是嗎？」

美羽裝模作樣地聳聳肩膀。

「我看，乾脆現在就迅速把事情解決掉如何？」

「啥？現、現在……？」

「巧哥現在應該在家，妳就在出發前把事情解決了吧。」

「等、等一下啦，美羽……」

我急忙制止淡淡說道的美羽。

「這種只是順便似的感覺不太好吧？」

什麼在出發前把事情解決掉。

又不是上廁所。

「這、這件事……畢竟對我們兩人來說非常重要，還是應該等心情稍微平靜下來了，再找個時間當面好好地談……」

「妳就是因為老說那種話才會拖拖拉拉的，不是嗎？」

「唔……」

美羽冷眼看著我說。

「妳也稍微考慮一下巧哥的心情吧。他糊裡糊塗地被人扔在一旁，現在心裡一定非常不知所措。」

「……我知道啦。」

我一邊承受美羽譴責的目光，一邊點頭。

「我知道……自己對阿巧做了非常過分的事情。我絕對不會再讓他繼續等下去了。」

我下定決心。

堅決地說。

「這次返鄉之旅結束後——我會和阿巧好好談談的。」

等我從老家回來。

中元節假期結束之後。

也就是三天後——我就會向阿巧告白。

我會回應拖了許久沒有答覆的告白，並且明確地表達自己的心意。

「真的？」

「真、真的啦，我不會再拖了。我現在就——跟阿巧聯絡。」

我拿出手機，打出要給阿巧的訊息。

首先是為昨天那件事道歉。

接著是報告我現在要回老家去。

然後——

『等我從老家回來，我想跟你單獨見面。

我有重要的事情要跟你說。

所以……請再給我一點時間。』

最後要按下傳送鍵的瞬間，我還是猶豫了一下。

但是——我按下去了。

除了按下之外，沒有別的選項。

我非常清楚自己很沒用，居然都到了這個節骨眼，還想要對方再給我一點時間。所以，我希望至少先和阿巧聯絡。就算要讓他等，也要先跟他把話說清楚才行。

「……傳出去了。」

「是喔～」

美羽只是看似愛理不理地點頭。

我開動車子。

朝隔壁的左澤家一瞥後便駛去。

第二章
醫生與窗簾

♠

「……啊，我真的是搞不懂耶……」

我一手拿著高球雞尾酒（註：由威士忌、蘇打水和冰塊調配而成的酒精飲料），一邊大發牢騷。

坐在旁邊的聰也看到我這副窩囊樣，一直嘻嘻笑個不停。

中元節假期的第一天晚上——

我來到聰也的房間，兩人一起喝酒。

就像一般大學生那樣在家小酌。

聰也的老家在外縣市，平常獨居在專門租給學生的公寓裡。聽說他為了避開中元節假期的擁擠人潮，已經在八月上旬回過老家一趟了。

因為他的女友要返鄉，我之前就得知他中元節這幾天有空。

於是，我主動提議要在他家喝酒。

其實我和聽也平時都不是很愛喝酒的類型——不過，我今天就是有點想喝。

「可惡……為什麼我會有種被人要殺不殺、半死不活的感覺啊……」

「呵呵呵，好難得看到你講話這麼粗魯喔。」

聽也一邊喝，一邊事不關己地笑著。

順道一提，他喝的是罐裝碳酸酒精飲料。

他似乎喜歡喝像果汁一樣甜甜的酒。

「巧居然會像這樣喝悶酒，真是難得一見啊。」

「……我當然會想喝啦。」

一面說，我在空了的杯子裡重新注入威士忌，然後隨便倒了一些蘇打水進去。平常我在喝高球雞尾酒時，都會更注重酒水的比例，但是今天我已經不想管什麼味道了。只要能夠喝醉，怎樣都無所謂。

「綾子小姐……我真的不懂她在想什麼。」

大概是受到酒精的影響吧，我接連說出平時絕對不會說的話。

「她先是突然親了我，隔天又露出一副很尷尬的表情，然後正以為她要跟我說什麼，結果我媽就中途闖進來……她到底是怎樣？那副超級欲擒故縱的態度是怎麼回事？我究竟該怎麼辦才好啊……？」

這幾天，我滿腦子都是和綾子小姐接吻的事情。

有如突擊一般降臨，有生以來的第一個吻。

而對方，是我一直單相思的人。

我不可能不開心。

這十年來，我不曉得妄想過多少次和她接吻。反覆地在各種情境下，幻想各式各樣噁心的情節。

但是……我從來不從妄想過這樣的劇情。

她居然在突然強吻我之後開始迴避我。

「好了啦，你們不是姑且有取得聯繫嗎？既然她說等她返鄉回來之後會跟你見面，你就再忍耐個幾天吧。」

「……話是這麼說沒錯啦。」

今天上午，她跟我聯絡了。

說等她返鄉回來後，想要跟我單獨見面。

還說希望我再給她一點時間。

既然她都這麼說了——我也只能點頭答應。

再忍耐兩天，直到中元節假期結束。

想到我都已經等了十年，這點時間或許不算什麼。

可是——

「現在……即便只是短短幾天，也漫長到讓人好想死。」

她要跟我說什麼？

她現在是怎麼想的？

我一直忍不住東想西想，好想趕快知道答案。

不過三天的中元節假期，感覺像是無止盡一般漫長。

「綾子小姐完全不懂……不懂她不經意的一舉一動，是多麼地令我小鹿亂撞、神魂顛倒。她從以前就一直是這個樣子……」

單戀她的這十年。

我不曉得為了她不自覺的舉動，心跳加速過多少回。

只把我當成普通少年看待的綾子小姐……總之就是毫無防備、戒心全無，所以，我倆之間至今發生過不少有些情色的事件。

像是她的內衣……坦白說，我就曾經看過好幾次。

「的確，我也覺得這次是綾子小姐不對。」

聰也深深地表示贊同。

「起初，我聽到你說『單戀比自己年長超過十歲的女性十年』時，還曾經猜想對方究竟是一名多優秀的成熟女性……綾子小姐給人的感覺卻不怎麼成熟。」

他苦笑著繼續說。

「作為社會人士以及母親，她或許是個非常能幹的人……可是在戀愛這方面，也不知道她到底是晚熟還是不習慣，總之就是讓人覺得她不太聰明……老實說，我甚至覺得她是那種很麻煩的女人。」

「喂，別這樣，不准你說綾子小姐的壞話。」

「咦……」

見到我立刻反駁，聰也露出彷彿遭到背叛的表情。

「虧我還想安慰你……話說回來，你自己不也有批評她？」

「我就是不爽別人說她壞話啦。」

我灌了一口酒後接著說。

「……坦白說，其實我也覺得綾子小姐有點麻煩……有時候會想，這個人真的超過三十歲了嗎？可是……有什麼辦法嘛，我就是連她麻煩的一面也喜歡上了呀！」

啊，不行。

她那欲擒故縱、讓人無法理解的態度，雖然讓我覺得有些煩躁——被她親吻的喜悅卻遠遠大過於那些。

怒氣逐漸消退，唯獨愛慕她的心情不斷膨脹。

「可惡……不行，我就是喜歡她。不管再怎麼被耍得團團轉，我還是喜歡她……什麼嘛，她難道是魔性之女嗎？居然讓我為她這麼魂不守舍，她該不會其實是戀愛高手吧？」

「不不不，不可能。」

聽也一口否定了我的話。

「你和綾子小姐的戀情發展才沒有那麼高水準……要怎麼說呢，比較像是兩個連規則都搞不清楚的門外漢在拖拖拉拉地打泥巴仗。」

「唔……」

面對這番話，我只有默默灌酒的份。雖然覺得他講話很毒，卻也不得不承認他的話非常中肯，因此我無以反駁。

兩個門外漢在打泥巴仗。

或許真是如此吧。

單戀十年的我不用說，就是個戀愛門外漢。

至於綾子小姐，她的詳細戀愛經歷我雖然沒有聽說過，不過她好像自從和我認識之後，這十年來都沒有和別人交往，而且美羽也證實了這一點。

我和她，彼此在戀愛方面都像個門外漢。

兩個門外漢拚命相爭的模樣，看在旁人眼裡想必非常滑稽吧。就算覺得這是一場低程度的泥巴仗也是無可奈何的事。

「稍微拉回正題吧。」

聽也以沉穩的語調說下去。

「就像你自己剛才說過的，綾子小姐這十年來，因為完全沒有察覺你的心意，一直毫無自覺地把你耍得團團轉。但是——現在情況不一樣了。」

「…………」

「綾子小姐已經得知你的心意。所以，我想這次她應該會有所自覺喔。知道自己的舉動會將你耍得團團轉……知道自己的舉動會令你困惑迷茫。」

「…………」

也許——是這樣沒錯。

接吻的隔天。

在家門前與我偶遇的綾子小姐，露出顯然非常尷尬的表情，迴避了我。

若要說失禮，那的確是相當失禮的行為。

但是，語無倫次地反覆找理由的她——臉上布滿了焦急和內疚的神情。

我深深感受到她的努力和認真。

綾子小姐一定不是故意要迴避我。

而是因為她正在煩惱、糾結、苦惱的關係。

「我知道你現在心裡很著急——也懂你想要快點得到結論的心情，不過你真的不需要那麼急啦。只要再忍耐兩天，我想你一定能夠聽見你想聽到的答案。」

「……這很難說，我也有可能會被甩掉。」

「不會有那種事……我是這麼覺得啦，不過就算由我來斷言也沒用，畢竟一切還是要看綾子小姐怎麼決定。」

聰也苦笑著說。

「不管怎樣，你也只能相信她然後耐心等待了。既然你們兩人最近進展得那麼猛烈，現在正好是個機會讓自己喘口氣、休息一下。」

「是這樣嗎？」

「對方想必也能趁著這個假期，讓心情稍微平靜下來。而且既然美羽也在，事情應該不至於會失控往壞的方向走啦。」

聽也雖然說得一派輕鬆，不過從他的言談間，可以隱約感受到他對於美羽的信賴。

唔嗯，說到這裡，我是有聽說我們結束家族旅行回來之後，美羽和聽也兩人曾單獨見面……莫非當時發生了什麼事？

比方說，讓聽也認為美羽值得信賴的事情？

「總歸一句話，一切都是時間的問題。」

「……這話是什麼意思？是『再過一會事情就會解決』的意思？還是『事情要解決需要時間』的意思？」

「這個嘛～兩者都有吧。」

「兩者都有？」

「雖然就只差一會了，不過那一點點的時間肯定非常重要喔。」

這話聽似矛盾，但我能夠理解其中的意思。

儘管只差一會，卻是必要的一點點。

看起來好像無足輕重，然而不能跳過的時間。

所以——就兩層意義來說都是時間的問題。

正當我稍微對聽也感到佩服時。

「不過我也不知道啦。」

他卻補上一句逃避責任的話，糟蹋了一切。

「你怎麼現在又說這種話啊？」

「啊哈哈。巧，讓我來勸告你一句吧。那就是人啊，在喝酒時所說的話一點建設性也沒有。表面上講得慷慨激昂，實際上卻只是一時興起說說罷了。信以為真可是會吃虧的。」

「……唉，說的也是。」

深深嘆口氣之後，我再次舉杯啜飲。

之後，我們繼續進行毫無建設性的對話，一邊享受在家小酌的自在——結果時間不知不覺就超過了九點。

「……嗯？外面的雨聲好像很大耶？」

「真的耶……哇，雨下得比想像中還要大。」

打開窗簾一瞧，發現外面正下著傾盆大雨。

因為我們是在門窗緊閉的房間裡開著電視喝酒，所以直到下起豪雨了才注意到。

「真的假的啊……可是天氣預報明明沒說會下雨……」

「巧，你要怎麼辦？我可以借你傘喔？」

「這個雨勢就算撐傘也沒用吧。」

「不然你留下來過夜如何？」

「啊……抱歉，那就這麼辦吧。」

就跟普通大學生一樣，我輕易地決定外宿了。

「呵呵，巧好久沒來住我家了，真教人興奮耶。」

我打電話給老媽之後回到桌旁，聰也一臉既興奮又期待地說。

「我今晚不會讓你睡的。」

「……你之前分明也說過那種話，結果自己馬上就睡著了。」

「接下來要做什麼？今天你也要來挑戰化妝嗎？」

「打死我也不要。」

「咦～為什麼?化妝很好玩耶。現在已經是男人也可以化妝的時代了，沒試過就排斥這樣不好喔。」

「像你這種長相可愛的人或許很適合，可是像我這種大塊頭，化起妝來只會讓人覺得噁心啦。」

「你這樣是歧視喔，因為也有許多扮女裝的男性身材很高挑。」

「總之我就是不要。」

「噗～好吧，算了，硬是強迫你也沒意思。」

聰也有些鬧脾氣似的說。

「那不然，你就說些有趣的小故事來聽聽吧。」

之後又補上這一句。

「……你不要給我出難題啦。」

「沒有那麼困難啦。只要說你和綾子小姐之間的故事就好。」

「我和綾子小姐的故事？」

「嗯，我想聽你和她之間……『真實發生過的情色故事』。」

「……結果你還是給我出難題嘛。」

我無奈地嘆口氣。

大概是喝了酒的關係，聽也的情緒也變得莫名亢奮起來。

因為這傢伙的醉意都不會表現在臉上，旁人根本不知道他已經醉了。

『我和綾子小姐真實發生過的情色故事。』

這個嘛……雖然的確是有啦！

而且故事的庫存量還挺多的！

因為這十年來，每次只要發生有事件發生，我都會牢牢地保存在腦中。

只把我當成普通小孩子看待的綾子小姐，在我面前總是毫無防備、戒心全無，因此讓我獲得不少意外的幸運好康。

雖然那樣的小故事實在多到難以選擇——

不過，此刻我忽然回想起那件事。

沒錯。

那是發生在距今大約十年前。

我的態度還總是拘謹有禮。

還總是稱呼綾子小姐為「綾子媽媽」時的事情。

而那天正好也和今天一樣預報失準，下起了滂沱大雨。

♠

「那個……今天左澤家和歌枕家原本預定要一起舉辦開心的烤肉派對，不過很不巧的，氣象預報失準，外面忽然下起了滂沱大雨。」

綾子媽媽站在歌枕家的客廳裡，用遺憾的語氣這麼說。

「由於雨勢這麼大實在無法照常舉行，烤肉派對將順延至下星期。所以說，今天就改成在家裡大玩特玩吧，喔！」

「喔！」

「喔、喔……」

六歲的美羽妹妹活力十足地舉手吶喊，但是已經十一歲的我對此感到有些難為情。

歌枕家的客廳。

就如同剛才綾子媽媽所言，其實今天我家和歌枕家原本計畫要一起舉辦烤肉派對。

我們都做好了準備，豈料到了當天卻忽然下起好大的雨。

無可奈何之下，烤肉派對只好延期。

但是因為一直很期待今天的美羽妹妹非常失望，我和綾子媽媽決定陪她一起在歌枕家玩遊戲。

「阿巧，你有想玩什麼遊戲嗎？」

「想玩的遊戲……我想一想喔。」

「什麼都可以喔。像是扮家家酒，或是堆積木都好。」

「這、這個……」

唔。

看樣子，綾子媽媽果然把我看作是和美羽妹妹同年代的幼稚園小朋友。

明明我都已經十一歲了。

是照理說已經在玩PlayStation或ＤＳ的年紀了。

「我沒有特別想玩的，所以讓美羽妹妹選擇她想玩的就好。」

「哎呀，不愧是阿巧，你真是個好哥哥。了不起、了不起。」

綾子媽媽一臉佩服地說，還一邊伸手撫摸我的頭。

嗚嗚……她果然把我當成小孩子看待。

「那麼美羽，妳有想玩什麼遊戲嗎？」

「這個嘛……」

聽了綾子媽媽的問題，美羽妹妹思考一會後。

「美羽想玩醫生遊戲！」

這麼回答。

「醫、醫生遊戲？」

「嗯。巧哥，你知道嗎？現在的愛之皇是醫生喔。」

「知道是知道啦……」

「——沒錯！今年的愛之皇簡直就是醫療劇！」

綾子媽媽以驚人氣勢起勁地說。

「『愛之皇・白色』……我本來以為在去年的野心之作及問題之作『愛之皇・鬼牌』之後，不管出現什麼劇情都嚇不倒人了……沒想到星期天早上的動畫時段居然會出現正統的醫療劇，真的讓人有種徹底被打敗的感覺耶。」

「…………」

「劇情雖然主要是描述身為醫生的女主角變身打倒病原體，這種常有的正規情節……背後上演的，卻是以大學醫院為舞台的錯綜複雜的政治劇。醫療失誤的隱蔽、氾濫的論文盜用、傳統固有的男尊女卑社會、淒慘壯烈的派系鬥爭……而如今，孤傲的天才外科女醫生將在腐敗至極的大學醫院大放光芒！」

「…………」

「還有，將這個系列固定會出現的愛之皇們集結的情節，設定成一同挑戰困難手術的手術團隊，這樣的安排真是太厲害了。這個星期，孤傲的天才手術室護理師終於加入成為夥伴，然後下禮拜，好像終於會輪到孤傲的天才麻醉科醫師登場——啊！」

獨自高談闊論的綾子媽媽總算回神了。

大概是因為我露出了難以言喻的表情吧。

「……聽、聽說是這樣的設定啦。我沒有仔細看，所以完全不知道在演些什麼。都是因為美羽說想看，我才會跟著隨便看看的。啊～其實我星期天早上好想要悠哉地睡飽飽喔～」

「咦？媽媽，妳在說什麼啊？美羽明明說看錄影也可以，是媽媽說一定要即時收看，美羽才不得已——唔唔！」

「美羽！噓！噓！」

綾子媽媽急忙堵住愣愣地說出真相的美羽妹妹的嘴巴。

看來，綾子媽媽對於星期天早上播放的國民動畫「愛之皇」非常著迷。

去年耶誕節，和綾子媽媽一起去買給美羽妹妹的禮物時，我就隱約察覺這一點了。

但是，綾子媽媽似乎想要對我隱瞞這個事實。
其實我並不覺得這有什麼好丟臉的。
算了，她可能是想維護我所不了解的大人的尊嚴吧。
無論如何，因為我不想傷害綾子媽媽的尊嚴，於是很識相地一直裝作沒有發現。
「嗯！那就照美羽所希望的，來玩醫生遊戲吧。」
綾子媽媽從二樓拿來玩具。
像是注射針筒、聽診器等，用來玩醫生遊戲的玩具組。
「來，巧哥，你來當醫生～」
「咦？這樣好嗎？既然美羽妹妹想玩這個遊戲，由妳來當醫生比較好吧。」
「沒關係。美羽要當醫生出錯時，從背後嚴厲指正的仁子。」
「……咦？」
「啊～那是上上個星期的劇情啦。」
我困惑不已，綾子媽媽則是了然地點頭。

「主角仁子用她那天才般敏銳的觀察力，看出內科醫生沒有發覺的疾病。那一幕真的好帥氣喔。明明是外科醫生，診察技術卻比內科醫生來得高明，真不愧是孤傲的天才外科醫生，卯遠坂仁子。然後，當誤診的內科醫生後來前來道謝時，她冷冷地拋下一句『無能醫生的存在，本身就是一種罪』，那種開玩笑似的傲慢與堅忍性格……充滿霸氣的女王氣質教人著迷不已！居然會選擇那一幕……美羽，妳很會耶。」

「…………」

的確有出現那一幕。

連小孩子都會覺得「兒童節目的主角說這種話好嗎……？」的一幕。

不管怎樣，我好像只要演用來陪襯主角，也就是孤傲天才外科醫生的路人內科醫生就好。

「既然阿巧要當內科醫生，美羽要當仁子……那我就是演被誤診的患者了。」

角色分配完畢後，我們各自就定位。

我把聽診器掛在脖子上，坐在地上，綾子媽媽則坐在我正對面。

至於美羽，則是站在稍微遠一點的位置。

那是在診察快要結束時，恰巧經過的主角所站的位置。

各自準備好之後，醫生遊戲就此開始。

「呃……」

正當我猶豫著不知如何開場時。

「……阿巧，這裡隨便演演就可以了。因為本篇並沒有演出一開始的診察劇情，所以你不需要那麼在意，隨興演出就好。」

綾子媽媽小聲地說。

她雖然好心給了我建議，但是換個角度想……這句話也像是在說演本篇出現過的劇情時就不准隨便，讓我感到有些惶恐。

「呃～那麼，歌枕小姐，妳今天是哪裡不舒服？」

「咳咳。醫生，我從昨天開始就咳個不停。」

「咳嗽啊。那真是辛苦妳了。」

「咳咳。醫生，請快點治好我。」

我和綾子媽媽煞有其事地扮演醫生和患者。

……雖然我也會想，怎麼能將最重要的美羽妹妹幾乎扔著不管呢？不過還是先別思考那麼多了。

「那麼，也來聽一下胸部的聲音好了。」

我自然而然地，說出像是醫生會講的台詞。

可是就在這時，我突然發現自己做出了非常荒唐的指示。

咦？胸部？

聽胸部的聲音……

「麻煩你了，醫生。」

渾然不覺我內心的動搖，綾子媽媽立刻將身體往前探出。

然後把T恤往上掀——當然只是做做樣子。

綾子媽媽沒有真的把衣服掀開，讓我鬆了口氣，然而她卻將胸部整個朝我挺過來。

「……！」

我不禁倒吸一口氣。

好、好大……

綾子媽媽的胸部果然超大。

綾子媽媽毫不猶豫、不假思索地，將可能有我的臉那麼大的巨大胸部，挺到我面前。

我幾乎要被龐大質量的強大震撼力給懾倒。

「……阿巧，你怎麼了？」

可能是因為我整個人僵住了，綾子媽媽一臉覺得奇怪地問。

「好了，快點用那個聽診器幫我聽診。」

「～～～！」

接下來果然應該那麼做嗎？

應該要用這個玩具聽診器，觸碰綾子媽媽的胸部？

怎怎、怎麼辦……

因為是將聽診器抵在胸部上，嚴格來說可能不算觸摸……可是用這麼小的玩具直接觸碰，應該會清楚感受到和直接用手摸幾乎無異的觸感。

綾子媽媽的豐滿胸部……如果要我說想不想摸，這個嘛……我當然是很想摸摸看——不、不行不行，絕對不可以！

我怎麼可以懷著這種邪念，假借玩遊戲的名義觸摸她的胸部！

這樣等於是背叛了綾子媽媽對我的信賴！

……好吧，與其說信賴，其實是對方擅自把我當成小孩子看啦。

啊……我該怎麼辦才好？

不可以摸。如此狡猾的事情我辦不到。可是……如果現在躊躇不定，我用奇怪眼神看待她的事情就會被發現，這麼一來，說不定連綾子媽媽也會不好意思起來。

這種時候，刻意裝成天真無邪的孩子去觸摸，反而不會傷害到對方……等等，可是那種詐欺似的行為感覺也很卑鄙……嗚嗚，嗚嗚嗚……！

「阿巧？」

綾子媽媽憂心忡忡地望著深陷苦惱的我。

就在這時。

「真是的！媽媽，妳要認真演啦。」

在一旁等待出場的美羽，用不滿的口氣這麼喊道。

她朝這邊跑過來，站在綾子媽媽背後。

然後。

「請醫生聽診的時候——要這樣子啦！」

開口的同時，她冷不防從後面將綾子媽媽的T恤下襬整個往上掀。

結果。

彈呀彈的。

兩個碩大的乳房，在一陣劇烈晃動中現身。

「——！」

我沒能對眼前的突發狀況做出反應，連頭也忘了別開，就這麼愣愣地凝視。

從被掀開的T恤底下現身的——是被內衣所包覆的胸部。

那件綴有細緻紫色刺繡的內衣，散發出無法言喻的成熟氛圍。

內衣的尺寸看起來相當大，然而綾子媽媽的胸部卻將那麼大一件內衣完全填滿。

而且，因為T恤被粗魯地掀起來，結果使得內衣移位——

「呀啊！」

「……唔、唔哇啊啊啊！」

綾子媽媽頓了一下後發出尖叫的瞬間，不由得盯著看的我也終於回神。我慢了好幾拍才放聲驚呼，並且急忙把臉別開。

心臟怦通怦通地狂跳，整張臉也熱得發燙。

看……看見驚人的畫面了。

不小心看見驚人的畫面了！

感覺……有如爆炸一般彈跳出來！

「喂，美、美羽……真是的，不可以這樣啦！」

綾子媽媽一邊將T恤拉回原位，一邊告誡美羽妹妹。

「唔，可是……在醫生面前本來就必須把胸部露出來呀。」

「現在只是在玩遊戲，不需要那麼做！」

她難為情地這麼說，一面動來動去，隔著T恤調整內衣的位置。看著紅著臉調整內衣的綾子媽媽……不知為何，我的心情好不平靜。

「……抱歉喔，阿巧，讓你見到奇怪的東西。」

「不會，沒、沒關係！」

雖然內心的興奮尚未平息，我仍設法佯裝冷靜回答。

「唉……不過真是太好了。」

綾子媽媽苦笑著說。

「幸好是被阿巧看到。」

「……咦？」

「要是阿巧的爸爸在場，事情可就不得了了。」

「…………」

綾子媽媽無意間說出的一句話，讓我原本興奮到快要沸騰的腦袋稍微冷靜下來。

是為什麼呢？

為什麼如果是我——就「太好了」呢？

綾子媽媽似乎不想被爸爸看見，但是覺得被我看見就無所謂。

其中的理由……我思考一會後馬上就想通了。

可能是因為，對綾子媽媽而言——爸爸是「男人」，而我是「小孩子」吧。

被男人看見內衣會感到害羞，可是被我看見就一點都不會有驚恐的感覺。

這是因為——我是小孩子。

因為我是兒子或弟弟一般的存在。

我在綾子媽媽眼裡，大概不是一個會被她當成男人看待的對象吧。

後來，醫生遊戲很快就結束了。

因為遊戲後來雖然進入到美羽妹妹所扮演的主角在診察途中闖入，這個本篇也有出現過的場景，這時綾子媽媽卻——

「啊！美羽，妳的台詞不太對喔！」

「不對不對！仁子才不會說那種話！」

「應該是這樣才對！仁子的招牌動作是這樣子啦！」

開始熱心地指導演技。

應該說果然不出所料嗎？美羽妹妹明顯擺出無趣的表情說「我不玩了」，於是醫生遊戲就此結束。

詢問美羽妹妹接下來想玩什麼。

「這個嘛……捉迷藏！」

她這麼回答。

在家裡玩捉迷藏。

以小孩子在下雨天玩的遊戲來說，這應該算是比較主流的類型。

經過一番嚴格的猜拳，最後決定一開始先由美羽妹妹當鬼，我和綾子媽媽當躲起來的人。

「一～二～三～」

當鬼的美羽妹妹在玄關一隅閉上眼睛，大聲地開始數一百秒。

綾子媽媽立刻就跑上二樓，我則在一樓徘徊不定。

好了。

要躲在哪裡呢？

這時非常重要的一點——就是這個家是「別人的家」。

即便是感情再好的鄰居，我依舊不是這個家的孩子。

自始至終都是客人，是不相干的外人。

以常識來思考……隨便到處走動不是很恰當的行為。

儘管正在玩捉藏，我還是不好意思擅自跑上二樓，隨便開關人家的衣櫃和壁櫥等收納空間也讓我感到內疚。

我也已經是小學高年級生了。

這點常識我當然有。

不過話說回來，就算我擅自到處躲藏，善良的綾子媽媽大概也不會生氣——

甚至還會笑著對我說「阿巧已經像是我家的孩子了，不是嗎？」吧。儘管如此，我還是不能依賴她的善良。

這是常識和禮儀的問題。

別人家就是別人家。

我想當一個有常識、懂得遵守這類禮節的人……更重要的是，我希望綾子媽媽對我有「哎呀，阿巧真是個有禮貌的男人啊」的印象。

於是。

基於一般常識的觀點，我能夠躲藏的地點相當有限——不僅如此，另外還有一個問題必須考量。

那就是——這個捉迷藏完全是以美羽妹妹為主角的遊戲。

滿足她比什麼都來得重要。

認真躲藏毫無意義。

就算拿出認真態度和比自己小五歲的女孩子競爭，也不會得到半點好處。

所以，絕對不可以躲在鬼一直找不到的地方。

話雖如此，躲在太容易被找到的地方也不好。要是被發現我故意放水，美羽妹妹說不定會發脾氣。因此必須將難易度設定為，鬼稍微找一下就能找到的適中程度。

總結一下，我的躲藏地點——

·客人被允許進入的地點。

·鬼找到時會有成就感的地點。

——必須同時滿足這兩點。

「我看看喔……啊！那裡好像不錯。」

踏進客廳之後，我找到了滿足條件的好地點。

窗邊的窗簾。

用窗簾把自己捲起來躲在裡面不曉得如何？

唔嗯……這個方法好像不錯。

我們剛才一直都在客廳裡面玩，所以不必擔心客人怎樣怎樣的問題。而且窗簾的長度很長，躲在裡面應該不容易被發現……但是又因為窗簾無論如何都會稍微膨起來，所以只要她認真找，遲早會找到。

嗯嗯，這個地點相當不賴。

「——五十二、五十三、五十四～」

雖然離一百秒還早，我仍決定早點躲進去。

我用窗簾布裹住身體，並且盡可能讓外觀顯得自然。一開始先認真地躲藏，之後若是美羽妹妹遲遲找不到，再把手或腳伸出去就好。

我就這麼屏息以待——然而大約在數到超過七十的時候，意想不到的事情發生了。

啪的一聲。

窗簾忽然被拉開。

「咦……」

嚇我一跳，明明還沒有數到一百。一瞬間，我還以為是美羽妹妹偷跑。

「咦，阿巧……？」

結果出現在我面前的是綾子媽媽。

「阿巧，原來你躲在這裡啊？我完全沒有發現。」

「怎、怎麼了？綾子媽媽，妳不是躲在二樓嗎……」

「喔，那是假動作啦。」

「假動作……？」

「我一開始不是發出很大的腳步聲跑上二樓嗎？之後只要躡手躡腳地悄悄下樓……這樣美羽就會誤以為我躲在二樓了。」

「…………」

「呵呵呵，這麼高明的戰略手法只有大人才想得出來啦。」

「…………」

見到綾子媽媽得意洋洋的表情，我有種難以形容的心情。

這個人是來真的。

她在和六歲女兒玩捉迷藏時，使用了奇怪的詭計。

好、好幼稚……！

「我本來計畫將美羽引到二樓之後，要躲進和室的壁櫥裡……想不到卻發生意外狀況。」

「意外狀況……？」

「……空、空間太小，我進不去。」

無計可施的根本性失敗。

「壁櫥裡面的東西比想像中要多，我本來以為應該勉強擠得進去，然而到了最後一刻屁股卻怎樣都進不去——啊！不、不是啦！絕對不是我的屁股太大，或是我最近胖了的關係！是那個空間本來就沒辦法塞下大人的屁股……」

綾子媽媽拚命地解釋。

「所以我才急忙尋找下一個躲藏地點……這樣啊，原來阿巧你躲在這裡。

呃，這下怎麼辦呢……」

她一副傷透腦筋的模樣。

這時，美羽妹妹已經數到九十幾了。

「啊！已經沒時間了……好吧。」

走投無路的綾子媽媽——做出出人意表的舉動。

「阿巧，也讓我進去！」

「……咦？」

不等我說好，綾子媽媽便逕自往這邊闖過來。

用窗簾裹住自己的身體。

當然，我也一起。

被一大塊布包住的我們，身體的緊貼程度簡直令人不敢相信。

「咦、咦咦……？」

「啊嗯！不可以亂動啦，阿巧，否則會被美羽發現的。好了，你再靠過來一點，我們得把體積縮小才行。」

「唔唔……～～！」

見我反射性地想要逃離，綾子媽媽硬是將我摟過去。

然後──緊緊地。

為了盡可能縮小體積，她用力地緊抱住我。結果因為身高差距的關係，我的頭整個埋進綾子媽媽豐滿的胸部裡。

「——一百！好了，美羽要開始找嘍！」

數完一百的美羽妹妹意氣風發地大喊。

接著，就聽見啪噠啪噠上樓的腳步聲傳來。

「……很好。美羽好像完全中了我的計，到二樓去了呢。這下應該可以爭取到不少時間。」

綾子媽媽看起來非常開心，但是我絲毫沒有那個心情。

這個捉迷藏的遊戲就算爭取到了時間，到時會有什麼好處嗎？要是我們沒有被找到，遊戲就永遠不會結束啊——我雖然很想這麼吐槽，卻沒有閒情逸致那麼做。

唔哇！

唔哇啊啊啊啊啊！

這是什麼狀況？

未免……也太誇張了！

我的臉埋進胸部裡——不對。

這應該已經算是被夾住了。

因為我整個人被用力強壓在她身上，所以即使隔著衣服，依舊能清楚感受到那份柔軟。當然，不只是胸部而已。就連肚子、大腿也……綾子媽媽身上各種柔軟的部位，彷彿要將我嬌小的身體包覆住一般。

綾子媽媽的身體又大又軟又溫暖——而且，味道好香。

其實我也知道聞她身上的味道很沒禮貌，可是因為我的鼻子埋進了她的胸口，味道無論如何都會擅自竄入鼻腔。

被遮光窗簾籠罩的昏暗空間。

在極近距離下感受到的體溫、觸感和氣味……憑視覺以外的感官感受到的一切過於刺激，令我心跳不已。

在興奮與緊張之下，我的腦袋簡直快要發昏——

「……阿巧？你還好嗎？」

大概是我不發一語的關係，綾子媽媽一臉擔心地關切。

「我、我沒事……」

「是嗎？那你就再忍一會吧。因為等到美羽下來一樓，重頭戲才正要上演。」

我就問妳到底為什麼要這麼認真啦，綾子媽媽……

後來過了大約五分鐘，美羽還是沒有回到一樓。

她似乎正非常仔細地搜索二樓。

我在那段期間拚命地忍耐——

然而就在這時，又有新的打擊降臨在我身上。

「呼……變得有點熱耶。」

好熱。

畢竟兩個人抱在一起，又被包在窗簾裡，熱氣會悶在內部也是正常的。儘管不是熱到非常誇張，大概是會微微冒汗的程度——但是在現在這個狀況下，「冒汗」這一點相當致命。

一陣又一陣地。

無法形容的熱氣籠罩著我們。綾子媽媽身上散發出來的香味感覺因此變得更加強烈，而且濃郁。

再加上，眼睛也大致習慣昏暗了……於是能夠清楚看見眼前的巨大胸部，深邃無比的乳溝。見到濕潤而柔軟的肌膚上冒出晶瑩汗珠……我再也無法思考了。

甩開理性和常識，對眼前的胸部——等等，不、不行不行！

我在想什麼啊！

那種行為是不被允許的！

綾子媽媽是因為認為我不是那種人，才會擺出如此毫無防備的態度！

我不能背叛她的信任。

她純粹是因為只把我當成小孩子，才會毫不猶豫地觸碰我和讓自己被觸碰……而不是對我這種人、對我這種人——

「…………」

我不經意地抬頭，和綾子媽媽四目相交。

「嗯？阿巧，怎麼了？」

綾子媽媽——一副不以為意的模樣。

儘管窗簾內部滿是熱氣，她的額頭也因此冒出些許汗珠，然而她的表情卻和現實中的溫度相反，冷靜且淡定。

非常地沉著平靜。

明明我都快要因為興奮和羞恥陷入恐慌了，綾子媽媽卻沒有絲毫忐忑。

明明我們靠得這麼近。

明明我都——碰到她的胸部了。

「……綾子媽媽，妳無所謂嗎？」

一種難以言喻的情感，不自覺地從口中溢出。

「咦？」

「妳不討厭嗎？就算和我……兩個人黏得這麼緊。」

「呃……」

綾子媽媽露出納悶的表情。

好像不太明白我為什麼要這麼問。

「我……我當然不討厭啊。」

「……不管是誰，妳都會像這樣觸碰對方嗎？」

「什、什麼？當、當然不會啦……」

綾子媽媽神情困惑地說下去。

「如果……是不認識的男生，我就不會像這樣觸碰或緊抱對方了。而且也會討厭被對方觸碰……」

「但是——」綾子媽媽接著說。

臉上浮現非常溫柔的笑容。

「如果是阿巧就沒關係喔。因為我最喜歡阿巧了。」

「…………」

那個「最喜歡」——讓我的心莫名地疼痛。

綾子媽媽想必是喜歡我的吧。

我不是在自作多情，而是客觀地這麼認為。

她對我懷有好感這一點無庸置疑。

但是，她的「喜歡」和我的「喜歡」截然不同。

應該像是對弟弟或小孩的喜歡，而不是把我當成異性吧。

所以，她才會這麼輕易就跟我黏在一起，也不會因此忐忑不安。無論是被我看見內衣，還是抱著我、和我全身緊貼，綾子媽媽都完全沒有感覺。

明明我被她搞得內心小鹿亂撞，綾子媽媽卻絲毫沒有動心。

我不過是她可以輕易說出「最喜歡」的對象罷了。

這一點，讓我好不甘心、好不甘心——

「——啊！看見腳了！」

美羽妹妹大聲高呼。

隨後，窗簾開啟，我和綾子媽媽被找到了。

「美羽找到媽媽和巧哥了！」

「啊……結果還是被找到了啊。」

「原來媽媽躲在這裡……我還以為妳一定去了二樓呢。」

「呵呵呵，妳還太嫩了啦，美羽。」

「可是，兩個人躲在同個地方，這樣不行啦。這麼一來，就不知道要由誰來當鬼了呀。」

「啊～說的也是喔……呃，那接下來……」

「……我來當鬼好了。」

我一說完，也不等兩人回答便前往玄關。

閉上眼睛，數到一百。

儘管拚命讓言行舉止一如往常，身體卻不由自主地發熱。

因為剛才臉埋進了綾子媽媽的胸部——並非如此。當時的興奮和羞恥，感覺已經一口氣消散了。

不甘心、著急、焦躁……這樣的情緒在我內心熊熊燃燒。

我很清楚產生這樣的情緒是不對的。

綾子媽媽會把我當成小孩子可說是理所當然。

因為——我的確還是個孩子。

不管再怎麼逞強，我都還只是個小孩。

會被當小孩子看待是無可奈何的事。

現在──束手無策。

但是，未來會變得如何誰也不知道。只要我長大、個子也變高了，綾子媽媽看我的目光想必就會改變。到時，她應該會願意把我當成一個男人看待。

所以，好好努力吧。

把目光放遠，繼續努力吧。

有朝一日，我一定要成為令綾子媽媽小鹿亂撞的男人！

♠

雖說要聊聊情色小故事，不過直接說出來總感覺像是在廉價出賣我的珍貴回憶，更重要的是，那樣會侵害到綾子小姐的隱私。

所以，我盡可能將小故事的情節修飾、描述得比較平淡，結果，大概是變成一則無趣的故事了吧──

「──所以，關於我究竟想要表達什麼，那就是我想重申綾子小姐真的是一名非常有魅力的女性……嗯？」

注意到時，聰也已經睡著了。

他一手握著碳酸酒精飲料罐趴在桌上，用可愛的睡臉發出規律的鼻息聲。

「……結果還是睡著了嘛。」

我嘆了口氣。

看來，「我今晚不會讓你睡的」果然只是說說而已。

算了……可能是我的故事太無趣了吧。因為我想極力排除情色元素，結果讓整個故事聽起來只是在讚美綾子小姐。

我將睡著的聰也公主抱到床上睡覺。

然後一人回到桌旁，再次飲啜剩下的杯中物。

「……捉迷藏啊。」

隨著回溯過往的記憶，從前的情感也一併被喚醒了。

是啊，我還記得。

當時，對方完全把我當成小孩子看待，所以經常發生像是意外好康的幸運色狼事件。

不過，年幼的我並不把那些當成意外好康。

就算摸胸部也不會被罵、被討厭——儘管我手中握有世上大多數男人都渴望的特權，我卻一點都不覺得那樣值得慶幸。

當然，我也會覺得開心，也會像個孩子般興奮不已，然而我內心更多的卻是著急。

被當成孩子——不被當成男人看待這一點，讓我好不甘心。

於是，我殷切地希望自己能夠早點變成大人。

「……這是多麼幸福的事情啊。」

笑意不經意地在嘴角浮現。

「從前只被當成鄰居小鬼的我……如今竟然能夠為了兩人要不要交往這件事焦慮煩惱。」

就某方言而言，我的夢想應該算是已經實現了。

我或許已經稍微接近兒時憧憬的存在——令綾子小姐小鹿亂撞的男人了。

我不知道她現在心裡在想什麼。

但是，從她最近古怪又令人費解的舉動來看……她現在無疑正為了什麼事情而苦惱、迷惘。

儘管不知最後結果會是如何。

不過現在就先讓心情稍微平靜下來，品嘗現狀的幸福吧。

因為能夠像這樣和綾子小姐上演愛情喜劇這件事本身，就已經是我兒時的夢想了。

「…………」

就結果而言，我或許是該慶幸能夠獲得這樣的一段時間。

得以重新回顧過去，讓急躁的心情稍稍平復。

並且做好心理準備。

接受吧。

無論她的答案是什麼，都坦然地接受吧。

然後——我也會再次表達。

告訴她，我還是好喜歡她。
不論她的答案是什麼，我的答案都不會改變。
就如同這十年一直以來的那樣——

想看的人再看吧。「愛之皇」用語解說④

・「愛之皇・白色」

星期天早上播放的國民動畫「愛之皇」系列的第五部。

經典台詞：

「比血更加鮮紅，比闇夜更加黑暗的純白。」

內容——這次的主題是「醫療」。以大學醫院為舞台，描述為了拯救遭來自異次元的怪人型病毒——「不治病毒」侵襲的患者，醫生們努力奮鬥的故事。雖然基本上是主角們變身打倒病毒型怪人的常見變身女英雄故事，大學醫院內的複雜政治劇和派系鬥爭卻占了大部分的情節。甚至有好幾集女英雄們一次都沒有變身，只上演完醫療劇就結束了。特色是有許多醫界人士參與監修，極度真實地描述治療方法和醫局的人際關係。像是第一集就冷不防有一名患者死亡，讓觀眾藉由劇情思考「尊嚴死」的問題等，本作和「愛之皇・鬼牌」在不同角度上同樣具備了挑戰性的作風。

這個系列的愛之皇會在變身後縮小成不到一微米的大小，進入患者體內直接和「不治病毒」作戰。主角卯遠坂仁子（後述）卻不過度信賴那個變身機制，屢次不選擇變身，反而使用現實中存在的醫療技術，以外科手術的方式驅除敵人。

變身道具和武器多半是以手術刀、注射針筒、組織剪刀等醫療器具為造型。可是因為在第三集中，主角痛斥不成熟的醫生「不准抱著半吊子的決心握手術刀！」結果發生被這一幕嚇到的孩子們紛紛表示「會被仁子罵，所以我不要」然後不想要仁子所使用的手術刀型玩具的悲慘事件。可能是因為這個緣故，整個系列雖然獲得相當高的評價，玩具的銷售額卻不如預期。

・卯遠坂仁子

二十八歲，外科醫生。在至今已播映十四部的「愛之皇」系列中，是年紀最長的系列主角（部分非人主角除外）。由於身邊的愛之皇同伴們也都是已經成年的醫療從業人員，因此本作中登場的所有愛之皇平均年齡為三十二歲。

孤傲的天才外科醫生。擁有他人難以望其項背的超群技術，任何困難手術都難不倒她。可是，她的人格既傲慢又冷淡，不隸屬於任何派系，也不聽從任何人的命令，是無視大學醫院內的階級制度，我行我素的異端分子。對不成熟的醫生抱有近乎憎惡的情感，犯下醫療過失的人自然不用說，對於缺乏上進心、工作態度散漫的人也會毫不留情地嚴懲。因為受到她糾舉、告發而被逐出醫局的人不計其數。她那傲慢的舉止使得她在醫院內遭眾人疏遠，然而她之所以如此堅忍到苛刻的程度，全都是為了患者著想。她總是和患者保持一定的距離，以相對溫和寬厚的態度待之，因此患者們都對她有很好的評價。另外，醫院內也有部分人士對她的作法表示贊同。

仁子的孤獨主義，以及對技術近乎異常的執著，和曾經擔任軍醫的母親之死有很深的關聯。

她會選擇成為愛之皇・白色和敵人作戰，也是為了提升自己的技術和拯救患者的性命。為了拯救所有遭到「不治病毒」侵害的患者，仁子深感獨自奮戰的力量有限，於是決心成立手術團隊。可是仁子找來的同伴雖然全都和她一樣擁有卓越技術，卻也同樣有著性格上的缺點，盡是一些被稱為「孤傲的天才～」的人物。過去只信任自己的技術、孤獨地持續作戰的仁子，將一面與和她相似的成員們反覆衝突，一面打造出獨一無二的團隊。

另外，由於主題是醫療，因此節目開頭有一段仁子向孩子們宣導洗手漱口的短片。不過，因為那個部分是在尚未確定角色性格時就做好的，所以能夠看見仁子用在本篇中絕對不會展露的親切笑容隨著音樂輕快舞蹈。

第三章
老家與扭傷

中元節假期第一天的晚上。

為了好久沒回家的女兒和孫女——好吧，其實大概有八成是為了孫女，母親大展手藝，做了一桌子的好菜。

「嗯！真好吃。外婆做的料理還是一樣美味極了。」

美羽一邊大啖唐揚炸雞，一邊大力稱讚。

母親聽了，開心得笑到臉上都擠出皺紋了。

「哎呀，美羽可真會稱讚人呢。我準備了很多，妳就儘管多吃一些吧。」

「嗯，那我就不客氣啦。」

美羽說完，果真一口接一口地吃個不停。

「呵呵，看年輕人吃飯，心情果然會很好呢。平常家裡就只有我跟妳爸兩個人，害我都提不起勁做飯，所以最近老是買超市的熟食回來打發。」

母親用沉穩的語氣這麼說，臉上還泛起微笑。

歌枕春枝——我的母親。

保養得宜的長髮，穩重柔和的神情。

雖然看起來約四十多歲，但其實她已年屆六十了。

母親和我一樣有張娃娃臉，外表感覺比實際年紀來得年輕。

「不過，美羽還真的是長大了呢。還記得妳不久前才剛從小學畢業，居然不知不覺就已經是高中生了。看樣子我也老嘍。」

心情愉悅地邊說邊喝啤酒，感覺似乎非常高興能夠見到久違的孫女。

歌枕文博——我的父親。

滿是皺紋的黝黑臉龐，理得極短的滿頭白髮。年齡雖然已過六十，不過大概是因為還在當木工的關係，體格依舊結實硬朗。

「我們美羽已經出落成亭亭玉立的美少女了。」

「咦～真的嗎？我想，應該是托帥哥外公的ＤＮＡ的福吧。」

「哈哈！又說那種討人歡心的話。妳該不會是想討中元節紅包吧？」

「不不不，才沒有那回事呢，我只是把平常心裡所想的事情說出來而已。來，外公，我來幫你倒啤酒。」

「哈哈哈！美羽，妳可真是機靈。老婆，這孩子相當能幹呢。」

「呵呵呵，就是啊。」

兩老被許久未見的孫女逗得心花怒放。

不過，美羽這孩子確實機靈。

完全懂得如何討外公外婆的歡心。

「對了美羽，妳在學校過得如何？開心嗎？」

母親閒聊似的問道。

「嗯，我每天都過得很開心喔，不過念書念得有點辛苦就是了。因為我當初是勉強考上升學高中的嘛。」

「美羽，念書這種事情只要隨便念念就好，小孩子就該趁年輕時多去玩一玩。像我，當初高中連一半都沒讀完呢。」

「美羽跟你又不一樣。」

母親直言制止插嘴的父親。

然後再次望向美羽。

「既然妳過得很開心，那就再好不過了。所以……怎麼樣？」

露出有些淘氣的表情詢問。

「有交到男朋友嗎？」

「噗！」

父親差點就要把口中的啤酒噴出來了。

「老、老婆，妳在胡說什麼啊？說什麼男朋友的……」

「咦？既然已經是高中生了，有一兩個男朋友很正常啊？再說美羽長得這麼漂亮，那些男生才不會放過她哩。」

「不行、不行！美羽現在這個年紀交男朋友還太早了！不准，這件事我絕不答應！」

「誰管你答不答應啊？」

見到父親擺出頑固老爹似的態度，母親一臉傻眼。

「所以美羽，結果到底怎樣嘛？」

「是、是怎樣啊，美羽？」

「這個嘛～」

儘管外公外婆的問題有些不顧他人感受，但是美羽並沒有因此不高興，照樣擺出她一貫悠然自得的態度。

「現在沒有耶，因為我一直沒遇到適合的男生。」

開朗地這麼回答。

「哎呀，是這樣啊。」

「妳、妳看，我就說吧。」

母親一臉遺憾，父親則感覺鬆了一口氣。

看著三人的互動，內心感到既溫馨又平靜的我，默默地在一旁享用久違的母親的手作料理。

「啊！不過——」

美羽接下來的話，卻令我大吃一驚。

「媽媽最近交到男朋友了喔。」

「……嗯唔！」

我嘴裡的馬鈴薯沙拉跑到奇怪的地方去了。

「咳咳、咳咳……美、美羽……？」

我大驚失色地看著美羽，結果她對我投以嗜虐的眼神。

「吶，媽媽，你們超恩愛的對吧？」

「啥……」

這孩子在想什麼？

在這種場合胡說八道什麼啊？

「哎呀！是這樣嗎，綾子？」

母親先是瞪大雙眼，臉上隨即浮現歡喜的笑容。

「妳這孩子真是的……這是什麼時候發生的事？既然找到好對象了，妳怎麼不告訴我們呢？」

「呃，那個……其、其實我們嚴格來說還沒有正式交往……」

「嗯？是嗎？不過，還沒有的意思是……」

「……就、就是有交往的可能性。」

「哎呀呀……原來事情在我不知道的時候變得這麼有趣啊。所以，對方是打哪來的？是什麼樣的人？他是做什麼工作的？」

母親滿面喜色，連珠炮似的問個不停。

另一方面。

「……喔，是、是這樣啊……也、也是啦，畢竟綾子都已經三十好幾了，有對象也是理所當然的。這、這可是一件好事……」

父親的語調雖然平靜，可是總感覺有些結巴。

和美羽那時不同，要怎麼說呢……父親這次的反應更加真實，而且給人心神不寧的感覺。

「吶，綾子，對方是什麼樣的人？妳快點告訴媽媽啦。」

「呃，那個……這、這個嘛……！」

美羽～～！

儘管我一邊在內心吶喊一邊怒瞪，美羽照樣一臉滿不在乎地繼續吃飯。

飯後，洗澡時間。

「唉……」

我泡在老家的浴缸裡，深深地嘆氣。

後來簡直就是一場災難。

母親一直問個不停，而原本那麼開心地喝酒的父親，則是情緒一下子變得好低落，開始一言不發地獨飲。

「真是的……美羽那孩子到底在想什麼啊？」

雖然我勉強用「等我們正式交往了，我再好好向你們報告」這句話敷衍過去。

但是到頭來，這麼做恐怕也只是在拖延問題罷了。

啊……沒錯。

假使我和阿巧交往了，總有一天必須正式向父母報告這件事才行。

……真、真不想說。

我該拿什麼臉開口？

說我男友是比我小整整十歲的大學生。

而且還是住在隔壁、從以前就認識的男孩子。

我父母也知道我這十年來，受到左澤家諸多關照。

所以……要是他們知道我對左澤家的獨生子出手，不曉得他們會用何種鄙視的眼神看我……

「嗚嗚……」

儘管我早就知道了，但我們的年齡差距恐怕依然不是憑一句「只要有愛，年齡差根本不算什麼」就能輕易解決的。

我已經年過三十，身邊還有一個女兒。

不是可以自由自在地去追逐愛情的身分。

無論如何還是會在意父母及周遭其他人的目光。

當然，阿巧已經慎重考慮過這方面的事情，而我也……在察覺自己的心意時，便做好了各種心理準備。

事到如今，我並不打算拿身分當作理由，放棄和阿巧交往。

可是……當現實再次擺在眼前，多少還是會有點不想去面對。

唉……真不想說啊。

好不想告訴爸媽阿巧的事情喔～

這時。

正當我泡在浴缸裡胡思亂想的時候。

「媽媽。」

脫衣間傳來說話聲。

美羽的身影出現在毛玻璃的另一頭。

「怎麼了，美羽？」

「我可以和妳一起洗嗎？」

「咦……？為、為什麼……」

「應該說，我要進去了。」

不等我回答，美羽很快就脫了衣服，進到浴室裡。

沒有任何多餘脂肪的苗條身軀，年輕有彈性的肌膚，小巧的臀部。不是我要自誇，我女兒真的好美……身材好到令人羨慕。

年輕……年輕真刺眼啊！

「媽媽，妳過去一點。」

簡單地清洗完身體後，美羽進到浴缸裡。

老家的浴缸雖然比我家的大一些，不過兩個人泡還是稍嫌狹窄。

「妳、妳是怎麼了，美羽……？」

居然會想跟我一起泡澡。

這可真是難得。

明明以前我偶爾硬是亂入，美羽總是露出非常嫌棄的表情。

「嗯～沒什麼～我只是想快點洗完而已。」

美羽淡淡地說。

「待會外公外婆不是也要洗澡嗎？既然他們兩人那麼客氣地讓我們先洗，我想還是快點洗完比較好。」

「…………」

「以上是場面話——其實我是想跟媽媽稍微單獨談談。」

美羽說道。

「跟我談談……？」

「沒錯。不過，與其說我想跟妳談談，我想應該是媽媽妳有話想說才對。」

「……說的也是，我的確有話想說。」

我定睛瞪著美羽。

「剛才那是怎麼回事？居然說我交了男朋友……」

「啊，妳果然生氣了？」

「我沒有生氣……我是在問妳為什麼要說那種話？」

「有什麼關係嘛，反正那是遲早的事情，不是嗎？再說，要是你們兩人哪天決定結婚，到時同樣得向外公外婆報告啊。」

「結、結婚……！就、就算將來真的發生那種事……凡事也該有個先後順序吧？」

是應該說先後順序，還是心理準備才對？

「現在就把事實一五一十地說出來，事情絕對會變得很麻煩……要是他們知道對方是二十歲的大學生……天曉得他們會對我說什麼。」

「這個我知道啦。我就是知道他們八成會反對，才沒有把對方的身分說出來啊。」

美羽一派悠哉地說。

「好啦，其實我也覺得自己的行為不夠體貼……可是如果不這樣確實地把問題都解決掉，媽媽感覺又會繼續拖拖拉拉下去。」

「唔……」

在美羽的冷眼瞪視下，我一時語塞。

儘管如此，我還是拚命反駁。

「不、不會有問題的啦。等我回家之後，一定會和阿巧好好談談。」

「天曉得會如何。按照媽媽妳那種個性，搞不好到時一見到巧哥，妳又會迴避他了。就像今天早上那樣。」

今天早上——喔，是那件事啊。

我因為上了美羽的當，在車內努力地把自己藏起來。

「……不、不是啦，那是因為我有很深的苦衷。」

「說什麼苦衷？總歸一句，妳就只是欲就還推吧？」

「欲就還推……？」

「因為太喜歡而迴避對方的意思。」

「這、這個嘛……」

唔嗯。

雖然覺得這麼複雜的情況，沒辦法用如此簡單的一句話來解釋……不過簡單來說，好像就是這麼一回事？

儘管喜歡對方，卻一見到面就慌張到不知如何是好，明明不想迴避但還是那麼做——啊……嗯。

我開始覺得，自己單純就是欲就還推沒錯了……

「不過嘛，欲就還推這件事，似乎確實經常發生在墜入愛河的少女身上。因為在我的同學之中就有那種人。」

「但是──」美羽接著說。

「媽媽，我可以說一句話嗎？」

「……不必了。我大概知道妳想說什麼，所以不用特地說出來。」

「一個女人都年過三十了還搞欲就還推……實在很不像樣。」

「…………我明明叫妳不用說出來了。」

真是抱歉喔！

抱歉我都年過三十了，還做出跟十幾歲少女一樣的行為！

「說真的，之前那個戲劇性的發展究竟是怎麼回事？那個哇哇大哭傾訴愛意的媽媽到哪裡去了？虧我還以為接下來只要下定決心的媽媽踏出一步，就能迎來幸福快樂的結局了。」

美羽的毒舌發言不斷。

「……我、我本來是那麼打算的啊。可是，不曉得應該說有點太過戲劇性，還是決心下得過於徹底了……總之我學到一個教訓，就是凡事做得太過火，最後就只會失控和脫軌……」

「話說……媽媽妳不覺得包括巧哥在內，周圍所有人都在為妳的感情路助攻嗎？」

「助攻……？」

「感覺就像是大家使盡全力為缺乏自信的媽媽鋪路，讓妳只要直直地往前跑就能抵達終點。然後，多虧大家幫忙在背後推著媽媽前進，妳好不容易終於起跑了……結果才踏出第一步就扭傷了腳。」

「我真有那麼慘？」

在擁有萬無一失的強大後援的狀態下，自己一人扭傷了腳？

這未免太可笑了吧……

如果是綜藝節目，這絕對是笑果滿分。

「嗚嗚……我知道，我知道啦。我非常清楚自己的所作所為很沒出息。枉費大家好心替我加油……結果就只有我一人這麼沒用……我真的感到非常抱歉。」

「……算了啦，妳沒有必要感到抱歉。因為妳並沒有拜託大家，是大家擅自要那麼做的。而且『在背後推著妳前進』這句話雖然很好聽——可是反過來說，也等於是把妳逼到無路可退。」

美羽露出感傷的神情這麼說。

和先前帶刺的口吻不同，她的聲音變得有些無力。

「還有，大家都替自己加油這件事，有時反而會讓人很難採取行動呢。因為會心想自己絕對不能失敗，即便成功了，也會覺得非得要大成功才對得起大家……所以，我想媽媽應該也承受了不少壓力吧。」

「美羽……」

「可能是因為沒能在自己的時間點上起跑……妳才會到頭來白忙一場吧。況且……就像人家說的，反倒是鋪得非常平整的柏油路才傷膝蓋。」

「…………」

一股暖意在心中逐漸擴散。

啊，美羽真是一個好孩子。

我原以為她進來浴室是想責備沒出息的我，結果看來似乎不是這樣。

美羽其實很擔心這麼沒用的我。

或許在某種意義上，她對於急著促成我的感情，內心產生了罪惡感和內疚感吧。

「……謝謝妳，美羽。」

我開口。

「謝謝妳擔心我。」

「……我才沒有擔心妳，我只是同情妳、覺得妳很可憐罷了。」

「或許真的就像妳所說……我沒能在自己的時間點起跑。」

我之所以能夠察覺自己對阿巧的感情，都是託周遭其他人的福——尤其美羽給我的幫助最大。

若是沒有美羽演的那齣戲，我可能到現在還是會不去正視自己的心意，繼續處於朋友以上、戀人未滿那種不上不下的關係。

說得不好聽一點，我或許是被迫起跑的。

但是——

「但是，我心中充滿了感謝。因為要是沒有大家替我加油打氣、沒有美羽在後面推著我向前，我想我永遠都不會開始。」

我接著說。

「美羽，多虧有妳，我才能跨出一步。」

「結果卻扭傷了。」

「妳、妳很囉嗦耶。」

離開浴室後，我來到後面的房間準備鋪床。

「嘿咻。」

我從壁櫥拿出被子，著手準備兩人份的床。

在單調的鋪床作業中。

「扭傷啊……」

我回想起在浴室和美羽的對話。

我的感情路或許真的就好比平坦的柏油路。

阿巧既真誠又紳士，但是時而又很熱情，而且做事非常周到，甚至連自己的父母都事先說服好了。

然後，在這種戀愛故事中最有可能成為阻礙的女兒……居然也合作得令人不敢置信，而且還聰明強悍地演了一齣戲來推我一把，是比任何人都替媽媽著想的完美女兒。

狼森小姐嚴厲卻又溫柔，阿巧的媽媽人也很好……除了我之外，所有參與我感情路的人們全都非常優秀。

多虧有大家。

「三字頭單親媽媽×二十歲大學生」。

這條原本應該會有著重重阻礙、狹隘難行的感情路……變成了一片平坦的柏油路。

接下來，只要直線前進就好。豈料，在那條任誰都能輕鬆完賽的跑道上……

我才踏出第一步就扭傷了腳。

「唉……」

我不禁對自己好失望。

雖然有可能就像美羽說的一樣，是周遭其他人太完美才對我造成了壓力……

即便如此，說到底還是我的不對。

沒有什麼比在空無一物的路上跌倒更丟臉了。

「……啊，對了。」

忽然間——我想起以前的事情。

說到跌倒，說到扭傷。

我以前確實有過一次那樣的經驗。

我這個人一向非常健康，人生至今始終和嚴重的傷勢、疾病無緣，不過從前曾經扭傷過一次。

而當時對我伸出援手的，當然也是——

那是大約發生在五年還是六年前的事情。

確切時間已經記不清了，不過我還記得當時的他。

升上國中後開始不斷長高的時期。

但個子還是稍微比我矮一點的時期。

以及……

態度還總是拘謹有禮，稱呼我為「綾子媽媽」的時期——

「唉……我是怎麼搞的啊？」

從附近超市回家的路上。

因為買到特價的便宜絞肉，我興高采烈地邊走邊想著今晚要來做漢堡排，結果就——跌倒了。

在空無一路的馬路上，重重摔了一跤。

呃……嗯。

一個大人在馬路上跌倒，比起疼痛，首先會有的反應應該是覺得丟臉吧。

尤其……在空無一物的路上沒來由地跌倒，更是丟臉極了。

是缺乏運動的關係嗎？

畢竟我最近完全沒在運動。

「……好痛喔。」

我一邊扶著路旁的護欄，一邊揉揉右腳踝。

所幸這條路上無人經過，沒有人看見我跌倒的瞬間。

我本來想在被人撞見之前趕緊離開，然而在踏出第一步的瞬間，右腳踝卻傳來一陣劇痛。

看來是在跌倒的時候扭到了。

……明明路上空無一物。

「骨折……應該沒有這麼嚴重吧。」

我脫下鞋襪一看，發現腳踝稍微腫了起來。

其實腳踝本身並沒有那麼痛，可是一旦將體重施加上去，疼痛感就會一口氣增強。這下似乎很難走路了。

「怎、怎麼辦……」

為了這點小事叫救護車實在很不好意思，可是用扭傷的腳走回家也很困難，該怎麼辦呢……

就在我不知所措的——這個時候。

「綾子媽媽……？」

從學校回來的阿巧碰巧經過了。

他穿著國中的制服，背上揹著書包。

大概是看到我只有一隻腳打赤腳覺得奇怪吧，阿巧急急忙忙地跑過來。

「綾子媽媽，妳怎麼了？」

「阿巧……呃，其實我剛才跌倒，不小心扭到腳了。」

「咦……妳、妳還好嗎？」

「還好，因為感覺沒有非常痛。不過……走起路來就有點辛苦了。我想可能扭傷了吧。」

「怎麼會……」

阿巧一臉憂心忡忡的表情。

然後，他神情嚴肅地思索了幾秒。

「……！」

露出下定決心一般的眼神。

他將背上的書包移到身體前側，背對我蹲下來。

接著用堅定的語氣說。

「綾子媽媽，上來吧！」

「……什、什麼？」

我大驚失色。

他叫我上來，這也就是說——

「我揹妳去醫院。」

看來他果然是這個意思。

揹我？阿巧要揹我？

一個老大不小的女人……讓國中男生揹在身上？

「不、不用啦，這又不是多嚴重的傷。」

「不可以小看扭傷喔。早點去看醫生絕對比較好。」

「……可是，我實在不好意思讓阿巧做這種事情。再說……那個，我很重喔？因為我最近有點……嗯，真的只是有點發福了……」

「我沒問題的啦！因為我有在游泳社鍛鍊身體。」

阿巧似乎不願意讓步。

「呃……好吧，那就麻煩你了。」

由於難以推辭他的一片盛情，我決定接受他的提議。

啊……可是好難為情啊。

儘管路上空無一人，但是都這把年紀了還在外面讓人揹在身上，實在好丟臉。

而且……對方還是比我小超過十歲的國中生。

要是被別人看到，不曉得人家會怎麼想？

我再次——望向阿巧蹲著的背影。

纖瘦、單薄的身體。

雖說正值成長期的他正不停地長高，可是現在身高還是比我矮……而且，體重大概也比我來得輕。

讓這樣的男孩子揹我，實在教人深感罪惡。

「我、我要上去嘍。」

懷著各種糾結的心情，我將體重壓在他的背上。

「……唔！」

一瞬間，阿巧發出聽似痛苦的呻吟。

「瞧，就、就跟你說我很重吧？你不要勉強，放我下來吧。」

「……沒問題，一點都不重。綾子媽媽簡直輕得像羽毛一樣呢。」

阿巧一邊說著顯然是在逞強的台詞，一邊踏出一步。

一步、兩步、三步。

雖然一開始有點舉步維艱，不過掌握住步調之後就慢慢穩定下來，步伐也逐漸變得紮實有力。

「看吧，就說沒問題了。」

「真的耶……阿巧，你好厲害喔。」

我不禁有點感動。

好厲害。

原來阿巧在不知不覺間變得這麼有力了啊。

「那我們就直接去醫院了。綾子媽媽，妳要抓好喔。」

「好，知、知道了。」

我順從他可靠的說話聲，緊抓住他。

用手臂環住他的脖子，讓全身和他緊緊相貼。

「——！」

結果，阿巧的步伐頓時變得不太順暢。

「綾、綾子媽媽……妳不用抓得那麼緊啦。因為那個……胸部會碰到。」

「咦……啊！抱、抱歉！」

我急忙稍微抬起上半身。都怪我想也不想就緊貼著他，結果把胸部整個壓在他身上了。

說的也是喔。

因為阿巧已經是國中生了嘛。是正值青春期，會對女性的胸部感興趣的年紀。

和就算一起洗澡、被他看見內衣、在窗簾裡面緊緊抱在一起也完全無所謂的小時候不一樣了！

啊，阿巧的耳朵好紅……

嗚嗚……怎麼辦？見到阿巧這麼害羞，這下連我也覺得不好意思了。也開始在意他為了揹我而抓住我臀部的手了。

不曉得阿巧是抱著何種心情在摸我的臀部？但願他不是在想「綾子媽媽的屁股比想像中還要大」……

「……綾子媽媽——」

也許是覺得沉默很尷尬吧，阿巧開口了。

「如果我剛才沒有經過，妳會怎麼做？」

「……這個嘛，我應該會努力走回家或是去醫院吧。」

「那樣不行啦。都遇上麻煩了，妳怎麼不打電話給我呢？我們之前不是有交換手機號碼嗎？」

他的語氣感覺真的非常擔心。

沒錯，阿巧已經有自己的手機了。

雖然我覺得給國中生手機還太早，不過這種事情最近好像很普遍。

想當初我小時候，可是不管怎麼拜託，爸媽還是直到我上高中才買手機給我。

美羽也是明明還在讀小學高年級，就已經吵著說想要手機了，看來等她上國中之後，可能就非買給她不可了。

「呃……可是為了這種事情把你找出來，你會很困擾吧？」

「才不會呢。」

阿巧的口氣十分認真。

「不管在哪裡，只要綾子媽媽有困難，我都一定會趕到。」

「呵呵！謝謝你阿巧，就算這是客套話我也很開心。」

「這、這才不是客套話！我是認真的！」

他氣呼呼反駁的樣子真是惹人憐愛。

不管是聲音、長相還是態度，都還殘留著稚嫩感。

但是——揹著我走路的模樣，卻又感覺很有男子氣概。

剛才看起來嬌小的背影，如今竟顯得如此寬闊而且可靠——

「你長大了耶，阿巧。」

我感慨地說。

初次見面時，他明明還是個可愛得像女孩子的少年，卻在不知不覺間長大到能夠揹著我走路了。

「……這是當然的呀。」

阿巧有些靦腆地說。

「我又不會永遠都是小孩子。」

「呵呵，說的也是喔。」

「我以後還會繼續長大喔，也會很快就追過綾子媽媽的身高。」

「這樣啊。那麼等你長得更大，變成帥氣的成熟男人之後……我可以當你的新娘候選人嗎？」

「咦？」

我抱著輕鬆的態度這麼說，結果他的反應大得出乎意料。

「啊哈哈，阿巧你真是的。我只是開玩笑，你不要那麼驚訝啦。」

「開、開玩笑……」

「我怎麼可能是說真的呢？再說，阿巧你應該也討厭娶我這種大嬸當老婆吧？」

「……不討厭啊。」

阿巧回答。

以平靜卻又堅定的語氣。

直視著前方沒有回頭，紅著耳朵這麼說。

「我並不討厭。」

「阿巧……」

他恐怕只是顧慮我的感受，才會對我說這種好聽話吧。

一定是這樣的。

都是因為我說了像在自嘲的話，善良的阿巧才不得不幫忙打圓場。

可是，他的語氣又是如此認真，感覺像是下定決心、竭盡勇氣說出來的話——讓我的心不禁「怦通」地高聲跳動。

「……！」

等等。

等一下、等一下！

不對不對，這樣太奇怪了！

什麼怦通啊！

我為什麼會對比自己小超過十歲的男孩子怦然心動啦！

嗚嗚……好慘，太慘了。即便是過著完全遇不到男人的生活，我怎麼會淪落到對鄰居國中生小鹿亂撞呢？

真是的……都是阿巧害的啦。

全部都是阿巧的錯。

真受不了。

他明明年紀還這麼小──為什麼會如此帥氣啊？

♥

沉浸在令人懷念的回憶中，一股既害羞又幸福，讓人覺得心癢癢的感覺湧上心頭。

「……現在想想，好像就是在那之後，阿巧的態度就不再那麼拘謹，也不再稱呼我為『綾子媽媽』了。」

他開始變聲也是在那之後不久的事情。

迎來第二次性徵，聲音一下子變得低沉的阿巧，後來很快就追過了我的身高。

然後，他的態度變得不再拘謹，也開始稱呼我為「綾子小姐」、用敬語跟我說話了。

我還記得，當時我感到既高興又落寞，心情十分複雜。

「如果是現在的阿巧……他應該可以很輕鬆就把我揹起來吧。」

不只是揹，可能連公主抱都能輕易辦到。

應該說……他確實那麼做過。

他真的長大了。

長大變成大人，也變得帥氣了——

「……不對。」

好像不應該這麼說。

他並沒有——變帥氣。

阿巧是從小到大都很帥氣。

是只要我有困難就必定會伸出援手，宛如王子一般的男孩。

所以……嗯。

應該用「他一直都很帥氣，只是現在又更帥氣了」來形容才對。換句話說，現在的阿巧是最帥氣的……啊，可是我覺得阿巧小時候也好棒好可愛——

「——哎呀，綾子。」

正當我一個人悶頭苦思時，母親來到了二樓。

她穿著睡衣，好像剛洗完澡的樣子。

「以前被子明明都是我鋪的。」

「這點小事我自己來就好。美羽呢？」

「她在樓下教妳爸用手機。」

常發生在阿公阿嬤身上的事之一。

那就是要孫子教自己用手機。

我和母親一起將鋪到一半的被子鋪好。

「妳明天會到鳰崎家露臉嗎？」

「嗯，我是這麼打算的。」

鳰崎家是美羽父親的老家。

也是我姊姊的婆家。

由於她先生是家中的第三個兒子，因此婚後並沒有成為專職主婦，不過還是從了夫姓。

所以，美羽原本也是以「鳰崎美羽」這個名字來到世界上。

姊姊夫婦過世後，因為我決定收養她，就把姓氏改成了我的「歌枕」。

每年中元節，我們必定都會到鳰崎家露臉。

因為那邊的爺爺奶奶應該也會想見見自己的孫女——況且也得去掃墓才行。

我的姊姊，也就是美羽的母親——鳰崎美和子，和她心愛的丈夫一同長眠於鳰崎家的墓裡。

到鳰崎家打完招呼後再一起去掃墓，已成為每年的慣例。

「對了，綾子。」

鋪完被子後，母親開口。

「妳還是……怎樣都不肯告訴我男朋友的事情嗎？」

「……妳、妳很煩耶。」

我還以為剛才總算敷衍過去了，看來她好像還是不死心。

母親的好奇心真可怕。

「妳怎麼嫌我煩呢？當媽的對女兒的男友感到好奇，分明是很正常的事。」

「就跟妳說他還不是我男朋友了。」

「可是已經進入讀秒階段了吧？」

「這……總之，現在我什麼都還不能透露！等到事情穩定下來我就會說，所以妳現在什麼都別問！」

我強行中止對話。

「哎呀，有什麼好害羞的呢……媽媽我單純只是因為很感興趣才問的，又不打算干涉妳和什麼樣的人交往。」

結果母親語氣錯愕地接著說。

「對方應該知道美羽和妳的關係吧？」

「……嗯，知道。」

「既然如此，那我就不反對了，畢竟美羽好像也很支持你們的樣子。只要妳和美羽都中意對方，我是不會多說什麼的。」

「呃……」

「我想妳爸一定也是這麼想的。雖然他這個做父親的，對於女兒要結婚這件事，心情可能會有些複雜……不過妳的年紀畢竟也不小了，以後說不定不會再有這樣的機會，所以我想他應該也不會在那裡說長道短啦。萬一妳爸反對，我也一定會阻止他，所以妳大可放心。妳可千萬不要錯過這個機會喔，綾子。」

「…………」

應該說不出所料嗎？母親的發言完全是以結婚為前提。

也是啦，畢竟考慮到我的年齡，會認為「交往」＝「結婚」也是正常的事。

可是……對方還只是個大學生啊。

說出來一定會遭到反對。

雖然母親似乎抱著「一個年過三十又有小孩的女人，光是有人要就該心存感激了」的心態……但要是她知道對方是二十歲的大學生，而且還是平常很照顧我的那家人的獨生子，我想她肯定會深受打擊。

說、說不出口……

至少現在這個時間點，我絕對開不了口。

「……妳也差不多是時候替自己的幸福著想了。」

正當我一人暗自糾結時，母親悠悠地說。

「這十年來，妳獨力拚命撫養美羽——撫養美和子的遺孤長大。我想，妳一定經歷過許多不得不忍耐和不順心的事情。儘管如此，妳還是努力一人將孩子養大。」

「媽……」

「妳這孩子有時真的會發揮出驚人的行動力呢。當初妳在美和子的喪禮上說要收養美羽時，我真的嚇了好大一跳，心想這孩子到底在說什麼傻話？」

「啊哈哈……」

回想起來，十年前我決定要收養美羽時……母親的確露出了非常不知所措的表情。

一開始，母親是全力反對我收養美羽的。

我非常清楚她是為了我的人生著想。

可是我也鐵了心絕不退讓。

在美羽不在場的時候，我們不曉得爭論過多少次。

不過最終母親還是讓步，漸漸地開始支持我。

「因為是現在我才說出來……其實我和妳爸本來打算要是妳說『我果然辦不到』，就要自己收養美羽喔？我們兩人當時已經這麼商量好了。」

「是這樣嗎？」

我還是第一次聽說。

「因為……我覺得妳一定辦不到。」

母親深深地嘆道。

「一個沒結過婚也沒生過小孩，年紀輕輕才二十出頭的女人，居然要獨力撫養小孩長大。我想，妳一定只是一時被感情沖昏了頭，很快就會受不了的。所以，我和妳爸商量後決定……假如妳難受到說出喪氣話，就要馬上自己收養美羽。因為我們覺得憑我們兩個人，應該還有辦法再把一個孩子養大。」

「…………」

不信任我──爸媽應該不是這樣想的吧。

而是為萬一可能發生的事態做好準備，替我留一條後路。

那無疑是父母深愛我這個女兒的證明。

「但是綾子妳這十年來，獨自將美羽撫養長大了。沒有一句怨言，非常盡責地扮演好母親的角色。」

母親說道。

她直視著我的雙眼，泛起溫柔的微笑。

「看來我和妳爸對自己的女兒還不是很了解呢。居然小看了妳的決心。」

「……不是這樣的。」

我微微搖頭。

「收養美羽時……我確實以為自己已經做好『我要獨自將美羽撫養長大給所

有人看』的心理準備。」

這孩子只有我可以依靠。

我要想辦法做給所有人看。

我以為自己已經做好那樣的心理準備。

下定有如沉醉於英雄主義般，自以為是的決心——

「可是，那份決心……是錯的。就跟媽說的一樣，我只是一時被感情沖昏了頭。」

昏了頭的我，自大地以為自己一定沒問題。

然而如今我才明白。

正因為實際撫養了孩子十年，我才能有如此深切的體會。

深切體會到我當初下定的決心是多麼愚蠢。

「因為我——並不是一個人。」

我說。

「光憑我一人是辦不到的。公司的上司和同事、學校和托兒所的老師、附近鄰居，還有爸媽……我完全是因為受到許多人的幫助，才勉強能夠撐到今天。」

什麼獨力撫養給所有人看。

如今回想起來——那是多麼不自量力的想法啊。

未免太自大自滿了。

「綾子……」

「然後，媽妳剛才說『是時候替自己的幸福著想了』……可是我這十年來，從來都不覺得自己不幸喔。雖然確實經歷過許多辛苦的時刻，但整體來說我依舊是幸福的。」

我很幸福。

我真的覺得自己很幸福。

美羽是個很好的孩子，教會了我許多事情。

身邊還有好多人願意給予支持，替我們母女倆加油打氣。

然後。

我身邊還有愛上這樣的我，思慕了我十年之久的古怪男孩。

多年以來，他始終一心一意地喜歡我，一直不斷地給予我支持。雖然遲鈍的我遲遲沒有察覺那個真相——然而當我發覺之後，整個人簡直開心到不能自已。

國小、國中、高中、大學……我一直在旁邊看著他經歷各種年齡，每個階段的他都好惹人憐愛。

女兒很可愛，周圍都是好人——然後，這十年來又有帥氣如王子般的男孩深愛著我。

如果這不叫幸福，那什麼才是幸福？

「所以……我和那個人的事情，並不是老天因為我忍耐許久而給我的獎勵，呃，要怎麼說呢……比較像是我本來就很幸福了，但是現在要我往前邁出一步去獲取更大的幸福。」

「…………」

雖然最後沒能順暢地將想法表達出來，母親還是默默地聽我說完。

然後她微微嘆口氣，露出滿足的微笑。

「妳真的成為了不起的母親了呢，綾子。」

那句話，讓我不由得害臊起來。

都這把年紀了還被母親稱讚，實在教人好難為情。

隔天——

我和美羽前往鳰崎家。

鳰崎家也位於本縣北部，離我的老家並不遠。

和鳰崎家的阿公阿嬤——美羽的爺爺奶奶打過招呼後，我們四人一起去掃墓。

抵達墓地後，沿著長長的階梯而上。

「鳰崎家之墓」。

美羽的父親和母親——我姊姊的長眠之地。

打掃四周，擺上新的花朵。

然後點燃線香，站在墳前雙手合十。

「…………」

「…………」

明明沒有事先說好，我和美羽合掌默禱的時間卻都比往年來得久一些。

順著階梯拾級而下時，我用走在前面的兩人聽不見的音量，

「美羽，妳剛才說了什麼？」

小聲地問。

美羽嘻嘻笑答。

「我想應該跟媽媽一樣喔。」

「……這樣啊。」

我不由得笑了。

現在身在天堂的，美羽的父母。

每次來掃墓時，我都會向他們報告美羽的事情——但是今年，我稍微多提了一些關於我自己的事。

加油，就這麼辦！

我暗自在心中這樣替自己打氣。

雖然對阿巧非常不好意思，不過我感覺這次的中元節假期，讓我的心情得以稍微平靜下來。

既然也已經向姊姊他們報告了，我不再感到迷惘不安。

回去之後就好好說清楚吧。

面對面地，親口表達自己的心意。

讓過去幸福的十年劃下一個段落，然後兩人一同朝向新的幸福邁步前行。

第四章
告白與內衣

♥

中元節假期結束，隔天的早晨。

「……唔唔～啊……」

我從一種難以形容，微妙的疲倦感中醒來。

些微睡眠不足。

昨天晚上從老家回來之後，我明明不到十二點就上床就寢了……結果卻因為想到今天的事情而緊張到睡不著。

今天。

我——將回覆阿巧的告白。

並且把親吻和後來欲就還推的事情清楚解釋，毫不隱瞞地表明心意。

然後——我們就會在一起。

大概吧。

……應、應該沒問題吧？

我們這次一定能夠順利交往對吧？

阿巧應該不會到了現在，才說「還是讓我考慮一下」這種話吧？

他不會開始有「都一把年紀還這麼麻煩的女人，實在有點……」的想法了吧？

老實說……就算他這麼想也是沒辦法的事。

畢竟我的確出了很大的洋相。

啊～……要不要緊啊？真的沒問題嗎……

「……沒、沒事的！絕對不會有問題啦！」

我拚命說服自己，替自己打氣。

嗯，一定不會有事的。

應該說……事到如今也沒法退縮，只能繼續前進了。

「好，就這麼辦。」

自己對自己進行完勸說後，我走出房間，開始早上的活動。

現在時間是上午八點多。

美羽好像還在睡，所以早餐待會再弄就好。

先趁現在做完其他家事吧。

去見阿巧的時間……其實未定。

雖然我有說是今天，不過具體時間還沒有確定。我看等一下再跟他聯絡，決定時間和地點好了。

不知道之後會發生什麼事情讓我益發感到不安——但是沒關係！

因為我為了以防萬一，也已經把信準備好了！

返鄉期間利用空檔，使出渾身解數完成的大作。

我充分運用編輯的技能，將對他的熱切情意寫成了具有詩意且知性的文章。

假使在緊要關頭緊張到說不出話來，就姑且把這封信拿出來念吧。

……雖然可能會有人覺得一個女人都年過三十了還準備親筆情書，實在是丟人現眼，但是有什麼辦法嘛！

況且這個與其說是情書，還不如說是小抄！

是為了緊急狀況預做的準備！

即便發生最壞的情況……發生我因為太緊張而不慎發動欲就還推的天大慘事，只要把信交給他，他應該就能明白我的心意……！

「總之……先來洗衣服吧。」

儘管處境緊迫，家事還是不能不做。

單親媽媽就是這樣。

我必須在中午以前，將累積的家事做完才行。

首先是洗衣服。

來洗返鄉時在老家穿的衣服吧。

來到脫衣間，那裡堆了大量昨天從行李箱拿出來的待洗衣物。我把之後才要洗的白色衣服拿出來，其餘的則扔進洗衣機。

「……啊，對了，也把這個洗一洗好了。」

我脫掉穿在睡衣底下的晚安內衣。因為夏天就連睡覺也會流汗，所以晚安內衣也得經常清洗才行。

把內衣放入專用洗衣袋中，然後按下洗衣機的開關。

「再來是打掃家裡——不對！」

正當腦袋還不是很清醒的我，悠哉地準備做下一件家事時，突然發覺一個重大的事實。

「今天是倒可燃垃圾的日子！」

我完全忘得一乾二淨！

忘了中元節假期結束後，倒可燃垃圾的日子會和平常不同！

糟糕……今天非倒不可。因為放假前我忘了拿出去倒的垃圾，現在還擺在外面的置物櫃裡……！

哇啊啊，慘了！

垃圾車就快來了！

我急忙換下睡衣，十萬火急地衝出玄關，然後抓起置物櫃裡的垃圾袋，拔腿直奔垃圾放置區。

幸好勉強趕上了。

我剛放下垃圾袋，垃圾車馬上就來了。

「呼……太好了。」

我安心地吐著氣，返回家中。

好險好險，最後總算是勉強過關。

也幸好沒有和垃圾車上的人碰到面。

因為我現在──

「…………」

我瞥向自己的胸口。

在那裡的──是隨著步伐不住晃動的乳房。

而且晃動幅度比平時還要增加好幾成。

簡直就像被從用來保護自己的厚重盔甲中解放一般──應該說，是被從內衣中解放了。

「──！」

我做了蠢事。

居然沒穿內衣就去倒垃圾……因為脫下晚安內衣後，我就急忙換上衣服衝出家門，所以忘了穿內衣。

雖然途中有發現這件事……但是因為沒時間折返，只好就這麼硬著頭皮去了。

唔哇哇，好強烈的罪惡感。

竟然沒穿內衣就出門倒垃圾……怎麼感覺好像我已經放棄當個女人了？

而且，我現在身上穿的是一件薄薄的白衣。因為沒有內衣的防護，感覺只要稍微凝視，重要部位就會透出來被人看光光。

啊真是的，還是趕快回家吧！

要是在這種地方被人撞見，我以後再也不敢走在附近——

「綾子小姐……」

「～～～！」

好巧不巧地。

我又偶然在家門前和阿巧碰面了。

因為我們是鄰居。

因為我們就住在隔壁。

我完全忘了考慮這一點。雖然我擅自決定待會再跟他聯絡，打算下午再去見他……卻無法保證我不會在那之前遇見他。

阿巧的上半身穿著T恤，下半身是五分褲搭配緊身褲，腳下則穿著時下流行的螢光色運動鞋，一身標準的慢跑裝扮。

國中和高中都參加游泳社，現在也加入運動社團的阿巧，平時偶爾會在這附近跑步。從他沒有流汗來看，他大概才剛開始跑吧。

「早、早安，好久不見了。」

阿巧露出不自然的笑容向我打招呼。

即便覺得尷尬、即便內心有千頭萬緒，他還是替我著想，盡可能以正常的態度和我相處。

然而我卻——

「～～～～！」

什麼話也說不出口，猛地一個轉身背對他。

還一邊用雙手拚命遮住胸部。

「咦……啥？」

「抱、抱歉，阿巧……現在、現在不行啦……！」

我語帶哽咽地大喊之後，便急忙跑離現場。

啊真是的，為什麼為什麼……？

為什麼會這麼不湊巧？

我又迴避阿巧了。

再次重蹈中元節假期前的覆轍。

不是這樣的！

我明明已經決定絕對不再對他採取欲就還推的態度。在這個中元節假期的期間，我誠實地和自己面對面，做好了萬全的心理準備。也捨棄軟弱的心態，讓自己不再當與他偶遇時心生動搖而逃跑。

但是。

但是……我的決心並沒有大到能夠用沒穿內衣的模樣和他見面！

不行不行，我絕對辦不到……要是和他面對面說話，一定會被發現的。

阿巧發現後想必會大失所望，他會產生「啊……原來她是會不穿內衣就去倒垃圾的那種女人啊……」的念頭！

所以──我現在只能逃跑。

對不起、對不起，阿巧，真的很對不起……！

這不是欲就還推！

也不是在逃避！

而是我為了守護身為女人的尊嚴，所使出的戰略性撤退！

重要的話……等待會我確實準備好心情和內衣再說吧！

「……呼～呼～」

我匆忙跑回自家玄關，停在門前調整呼吸。

深受強烈罪惡感苛責的我，一心為了快點穿上內衣而將手伸向門把──然而就在那個瞬間。

緊緊地。

我被人從背後──抱住了。

面對眼前的突發狀況，我的心猛然一跳。

「請不要逃跑，綾子小姐。」

「阿──阿巧……」

在我耳畔低語的，是熟悉的說話聲。

遲了一會，我才終於理解狀況。

是阿巧朝我追來之後，從背後緊抱住我。

從背後擁抱。

之前出現在夢中，洋溢滿滿復古昭和感的妄想。

而如今，那個妄想成為了現實。

「我已經……到達極限，再也忍耐不下去了。」

他的低語聲，在焦躁和緊張下顫抖著。

然而──卻又充滿了熾烈的熱度。

彷彿無論怎麼用理性壓抑也抑制不了、令人束手無策的欲求滿溢而出般，感覺已是窮途末路的語氣。

「妳可知道……我內心有多焦慮嗎？突然被親吻，之後又被迫等待……原以為今天終於可以聽到答案……結果妳又轉身逃跑。」

「不、不是──」

今天不一樣！

和中元節前的欲就還推不同！

我已經下定決心要和阿巧面對面了！

可是……我現在沒穿內衣啊！

我沒有用這副模樣和阿巧面對面的心理準備！

我雖然很想像這樣向他解釋，可是辦不到──非但如此，阿巧還打斷我的話，更加用力地緊抱住我。

「我再也無法忍耐了……！」

他這麼說。

以真的感覺已忍耐到了極限的聲音。

「我喜歡妳，綾子小姐。」

我還以為自己要融化了。

意中人在近到可以聽見呼吸聲的距離下低喃的情話，簡直比毒藥更加猛烈、比蜂蜜更加甜美，令我的心和腦袋一片混沌。

「我喜歡妳……我真的、真的好喜歡妳，綾子小姐。」

情話宛如潰堤般一波波地湧來。

就像是至今始終壓抑著的情意滿溢而出。

「我從十年前就一直好喜歡妳。從我十歲那時開始，我的眼裡、心裡就始終只有妳一人。」

回想起來了。

想起過去這十年的歲月。

想起我完全沒有意識到他是個男人的日子。

「自從我五月向妳告白之後，這份心情就完全沒有改變——不對，比起告白那時，我現在……又更加喜歡妳了。」

熱情又熱切的情話語不停歇。

「綾子小姐被我告白之後……那副苦惱困窘、忐忑不安，明明是個大人卻像少女一樣驚慌失措的模樣……是如此地可愛又迷人。見到許多過去不曾見過的綾子小姐的新面貌，讓我愈來愈喜歡妳了。」

回想起來了。

想起被告白至今的這段日子。

想起我開始意識到他是個男人至今的日子。

「我真的……喜歡妳到再也無法忍耐下去了。我不想把妳交給任何人，想要和妳一起共度往後的人生。」

露骨的話語。

不假修飾的真心話。

擁抱的力道——又變得更加強烈。

「綾子小姐……妳之前為什麼要吻我？」

「……！那是……」

面對支支吾吾的我，阿巧用哀傷的語氣繼續說。

「被親吻了之後……我就一直在想綾子小姐那麼做究竟是什麼意思……思考了各種可能性，也做了各式各樣的妄想。」

「…………」

「可是無論我怎麼想，最終還是只能得出一個答案。那也許是我的願望，也或許是我自作多情……但是，除此之外我想不出別的了。」

他的聲音抖得好厲害，感覺好像隨時會哭出來似的。

但是語氣並不悲痛。

相反的——聲音中反而充滿了希望。

「綾子小姐……我所認識的綾子小姐，不是那種會對自己不喜歡的男人獻吻的女人。」

「…………！」

「所以、所以……」

阿巧繼續說。

用緊繃到彷彿要破裂的聲音，既像吶喊又像在傾訴般地——開口。

「綾子小姐也喜歡我對吧？」

無法言喻的情感從我心中溢出，散播至全身。

震撼得有如被閃電猛然擊中，然而全身卻充斥著甜美溫柔的麻痺感。

整個身體變得好熱，難以壓抑的情緒源源湧現。

「……嗯！」

回過神時，我已用力點頭。

大力地肯定他的話。

「喜歡……我好喜歡阿巧！」

我——說了。

終於、終於說出來了。

終於能夠把內心早已做出的結論說出口。

這麼一來，或許總算能夠稍稍回報對我的愛深厚到令我感到內疚的他吧。

「我喜歡上阿巧了……也不知道……是從何時開始……雖然不知道，但是我喜歡你……我現在真的好喜歡你。」

雖然難以克制的情感化為暴風雨狂吹大作，卻哽在喉間，無法順利地化作言語表達出來。

儘管如此，持續滿溢的愛意仍化作不流暢的言語，結結巴巴地從口中吐出。

「自從被告白之後，我就變得老想著你……每天每天，整個腦袋都被阿巧所占據。因為阿巧你……總是對我做一些好帥氣的事情，讓我不禁漸漸在意起你……」

我已經不知道自己在說什麼了。

就只是憑著本能、順從情感在吶喊。

「前陣子去旅行回來後，我和美羽談了許多……直到那時，我才終於發現自己的心意，發現原來我喜歡阿巧。不是把你當成鄰居，也不是把你當成弟弟或兒子——而是把你當成一個男人在喜歡。」

好不容易寫好的信沒有帶在身上。

信裡的內容現在也完全想不起來。

唯有缺乏詩意和知性，也沒有發揮半點編輯的技能，毫無修飾且直白的話語從口中湧出。

「當我察覺了之後……我開始覺得自己好像從很久以前就喜歡上你了。和阿巧共度的這十年……所有的一切都讓我珍愛不已……！也許是一見鍾情，也許我們能夠相遇都是命運的安排……我整個人飄飄然到不禁有了那樣的想法……！」

我這麼說。

一面輕輕地將手放在他緊擁我的手上。

「喜歡……我最喜歡阿巧了。」

「綾子小姐……！」

施加在手臂中的力道變得更強了。

熱切的擁抱溫柔地包覆我。儘管也想就這麼永遠待在他懷裡——但我緩緩地解開他的手臂。

然後轉身，和他正面相對。

重新注視阿巧，只見他哭喪著一張臉。眼角泛著淚光，極度苦悶的表情中不見以往的英氣與從容。

但是，我的表情大概也很難看吧。

淚水早已從眼眶撲簌簌地滑落。

明明不覺得悲傷，卻因為情緒高漲而淚流不止。

「阿巧……」

我看著他的眼睛說。

「我也喜歡你。所以……如果可以，我想跟你在一起。」

但是。

我接著說。

忍不住說出口。

「像我這樣的人——真的可以嗎？」

在最後的最後，我無論如何都想問個清楚。

「我……比你年長超過十歲喔？」

「……妳怎麼到現在還說這種話？」

「差一點，真的只差一點……我就是昭和時代（註：昭和年號使用期間為1926年12月25日至1989年1月7日）的人了喔？」

「這我知道。」

「而且我還有女兒。」

「這我也知道。而且打從十年前就知道了。」

「我真的是個不怎麼樣的女人喔……不但遲鈍，又經常少根筋，一旦慌張起來就不知所措；就連做家事，想偷懶時也會偷工減料得非常徹底……還有，我最近稍微變胖了。應該說『最近稍微變胖了』這句話，我這十年來一直都在說……」

「…………」

「你真的願意接受這樣的我嗎？」

「願意。」

阿巧不假思索地點頭。

「我就是喜歡那樣的妳。」

過去是如此。

未來也是如此。

帶著溫柔的微笑。

他這麼回答。

「……阿巧！」

在心頭湧現的情感驅使下，我緊抱住他。

不是從背後擁抱，這一次是從正面。

「對不起……讓你等了這麼久，我真的感到很抱歉。」

「這點小事沒關係啦。」

阿巧也回應我的擁抱。

清楚確認過彼此心意的我們，緊緊地、緊緊地相擁。

無盡的幸福感將我們團團圍繞。

啊——

好開心。

好像一切都被滿足，好像受到宇宙萬事萬物的祝福一樣。

這個世界上，真的可以有如此幸福的事情存在嗎？

「好開心……感覺超開心的。真的……好像在作夢一樣。我居然能夠和綾子小姐交往——咦？」

一聲低沉的驚呼，將彷彿置身夢境的心情拉回到現實。

阿巧突然從我身邊跳開。

「咦？咦……？」

用滿是驚愕和困惑的表情，定睛注視著我。

具體來說——是看著我的胸部一帶。

「綾、綾子小姐……妳為什麼沒有穿內、內衣?」

「咦……~~~~!」

一瞬間,我不明白他在說什麼——但隨即就反應過來,並急忙用手遮住自己的雙乳。

糟、糟糕~~!

我完全忘記了!

因為太沉浸在氣氛中,結果徹底遺忘了!

忘了我現在沒穿內衣!

在上演感動告白場景的期間,我一直都是沒穿內衣的狀態!

「……不、不是的!不是這樣的啦!」

唔哇啊……唔哇啊啊啊,簡直糟透了。

居然被阿巧發現了。

都怪我興沖沖地從正面抱住他。

也難怪他會注意到了。

畢竟我們雙方都穿著薄衫，還緊緊地抱在一起。

然後又因為抱得太緊，我把胸部整個按在他身上。

「是因為……我剛才正好倒完垃圾回來……平、平常我是不會沒穿內衣就出門的喔！只是因為今天睡得太晚，一陣慌亂之下才會忘了穿……」

「原來是這樣啊……啊！這麼說來……剛才妳之所以一見到我就逃跑……」

「……沒、沒錯！我是因為沒穿內衣才逃跑的！因為我不想被你發現！然而、然而……阿巧你卻追了過來。」

「對、對不起，我還以為妳又要躲我了。」

「嗚嗚……我才沒有那麼想。我本來已經打定主意今天絕對不躲你……要主動找你回覆告白的事情。」

事情的發展實在太出乎意料了。

情況怎麼會演變成這樣呢？

不同於剛才感動的淚水，我都快為了別的理由流淚了。

「嗚嗚嗚……怎麼會發生這種事？今天明明是好不容易能夠和阿巧交往的日

子，結果我卻從頭到尾都沒穿內衣……！這種糗事八成會一輩子都記得吧。以後每次到了交往紀念日就會回想起來，然後痛苦得快要昏倒……！」

「……從、從今以後，我們就每年都一起慶祝那樣的紀念日吧。」

「嗯，好……」

由於阿巧有些笨拙，卻帶著溫柔微笑幫忙說好話，因此我也勉為其難地點頭。

我，歌枕綾子，3×歲。

時光飛逝，收養姊姊夫婦的孩子已經十年。

今天，我交到了有生以來的第一個男朋友。

不僅交往之前拖拖拉拉了好久，就連最後終於決定交往的瞬間還是一樣拖拖拉拉。

不過，我現在開始想要正面思考，把這種不乾不脆的感覺當成是自己的風格了。

當天晚上——

『哈哈哈，這樣啊、這樣啊。你們終於在一起了啊。』

打電話報告交往一事之後，狼森小姐滿意地笑了。

『哎呀……要怎麼說呢，感覺還真是漫長啊。既然連我這個局外人都有這種感覺了，左澤的心情想必更加煎熬吧。』

「關於這一點……我、我無可辯駁。」

『不管怎樣，總之恭喜妳。我衷心祝福你們兩位。』

「狼森小姐，謝謝妳。感謝妳對我的諸多關照。」

『我什麼都沒做啊，我就只有逗著妳玩而已。』

狼森小姐說了如此帥氣的話。

不過話說回來……她不是在耍帥裝酷，真的只是逗著我玩的可能性也不是沒有。

『歌枕。』

她稍微壓低音調，以鄭重的口吻說道。

『能夠克服各式各樣的阻礙和喜歡的人交往，我想妳現在一定高興得快要飛上天了……不過，接下來才是辛苦的開始喔？』

「……我知道。」

我嚴肅地點頭。

我明白。

接下來才是辛苦的開始。

假如這是童話故事——等到王子和公主結合之後，故事大概就會在快樂結局中結束了。

並且用一句「兩人從此過著幸福快樂的生活」作結。

但是——這是現實世界。

兩人就算在一起了，故事還是沒有結束。

將會一直不斷地延續下去。

即便是曾經發誓彼此相愛的同年代情侶或夫妻，也不是所有人都能夠永遠幸福下去。

要分手時就是會分手。

要離婚時就是會離婚。

更何況，我們是——年齡相差超過十歲的情侶。

今後一切將會風平浪靜、一帆風順……這種事情想必是不可能發生的吧。

『現實中的戀愛，是在交往後才會面臨到真正的考驗。發生在兩人之間的爭執和變故，根本多到和交往前沒得比。這話由離過三次婚的女人說出口，是不是感覺特別有說服力啊？』

「啊哈哈……」

這番自虐的話實在讓人笑不出來，不過我也只能陪笑敷衍過去

『……呃，抱歉啊，我並不是想在妳的興頭上潑妳冷水，也不是想要事先警告妳。只不過——看起來，我本人恐怕將會成為你們的下一個阻礙。』

「咦……」

下一個阻礙？

狼森小姐嗎？

『真是的，怎麼會變成現在這樣呢……明明不是故意的，事情卻偏偏這麼不湊巧。』

無視一團混亂的我，看似內疚地喃喃自語之後。

『歌枕。』

狼森小姐說道。

用完全不像在開玩笑，極其認真的語氣。

『從下個月開始——妳要不要來東京工作看看？』

第五章
單身與赴任

♥

確定和阿巧交往的隔天。

那天，我從一早就整個人恍恍惚惚的。

身為學生的美羽還在放暑假，但是身為主婦又是社會人士的我當中元節假期結束，就得再次回歸正常生活。

然而……我卻和沒有設定鬧鐘、賴床賴了好久的美羽同個時間起床。

而且也沒心情做早餐，兩人一起吃穀片打發過去。

「……媽媽，妳怎麼了？為什麼一直發呆？」

坐在餐桌另一頭的美羽，神情詫異地對我問道。

我們明明是同時開始吃，然而注意到時，美羽早就已經吃完了。

我的穀片卻還剩下一半。

要是不快點吃，穀片就會軟掉而變得不好吃了。

「……我有在發呆嗎？」

「有。發呆得可厲害了。」

「啊……我想也是。嗯，我的確有在發呆。」

「妳怎麼會這麼沒有精神呢？妳和巧哥明明都好不容易正式在一起了。」

「…………」

「虧我本來還想把媽媽興高采烈的樣子拍成影片傳給巧哥，結果妳卻這麼無精打采，害我的計畫亂掉了啦。」

「…………」

「不過嘛，我大概可以猜想到妳在煩惱什麼。」

美羽用一副無奈的口氣對我說。

「妳在想去東京的事情，對吧？」

「……嗯。」

我無力地點頭。

昨晚，我已經和美羽大致談過這件事了。

在昨天和狼森小姐的通話中——

「我……到東京去？」

『是啊。』

狼森小姐的語氣十分嚴肅。

看來她真的不是在開玩笑。

『其實我從之前就有在考慮這件事。大概從《青梅竹馬》決定動畫化就開始了。』

青梅竹馬。

好想成為你的青梅竹馬。

已經決定動畫化的，我所負責的作品。

『如妳所知——輕小說一旦要翻拍成動畫，就會有大量工作落到與原作相關的所有人身上。原作者、插畫家……還有責任編輯。』

「…………」

這一點——我非常清楚。

負責作品翻拍成動畫時，責任編輯的工作量會瞬間暴增。

多到無法用一句話說明的各種工作會如雪片般飛來。

所謂責任編輯，原本就除了協助創作的編輯工作之外，也必須在作者和外部之間擔任協調的角色。

一旦作品確定要跨媒體製作，編輯必定也得參與和外部企業之間的溝通協商。

尤其是動畫化時……工作量更是多到不可思議。

時而幫忙協調、時而居中緩頰，編輯必須負責在兩者之間周旋。

除了透過電子郵件和電話溝通外，像是劇本會議、錄音、實體活動，還有現場直播等，按照慣例，這些各式各樣的場合責任編輯也都需要到場出席。

如果不住在關東，根本就應付不來這樣的工作量——

『當然，我很清楚歌枕妳的狀況。所以，我一開始才會讓妳專心負責原作，打算把動畫相關的事情交給其他人去處理。』

「…………」

『我本來就對於讓責任編輯一人扛下重擔，這個行之已久的作業機制抱持懷疑。因為負責作品要動畫化而被繁重工作追著跑，最後搞壞身體不支倒下的編輯可說屢見不鮮。我時常在想，希望能夠將這個競爭激烈到編輯好幾天都回不了家的業界，變得更健全、更清新。』

「…………」

『這次《青梅竹馬》的動畫化，我本來也希望能夠盡量減輕歌枕妳的負擔，認為將妳在東北的生活——和美羽的生活擺在第一位，不去勉強妳是最好的做法。但是……我又忍不住會想，這樣真的是為妳好嗎？』

「為我好……」

『歌枕，關於《青梅竹馬》的動畫化——妳難道不會想以責任編輯的身分，全力參與製作嗎？』

狼森小姐這麼問。

『不用說……對《青梅竹馬》最瞭解、最用心的人，除了作者白土老師外，無疑就是妳了。因為這是妳和從出道便一起努力至今的白土老師，共同從零開始打造，最後走到動畫化這一步的作品。』

「………」

『當然，即便沒有妳，動畫化的相關工作也可以進行得很順利，我們也做足了萬全的準備。只不過……我在想，妳本人的心裡會不會其實有一絲想要參與的念頭呢？』

想要參與的念頭。

想要參與自己從頭開始負責的作品動畫化的念頭。

『假使歌枕妳願意大力參與動畫化的相關工作，站在我們的立場，那真是太令人感激不盡，沒有什麼比這更教人放心的了。雖然白土老師並沒有說出口……不過，我想她心裡可能也希望可以交給妳吧。會想要將像自己孩子一樣寶貝的作品的動畫化，這項重要的跨媒體製作……交給自己信賴的歌枕去完成，這應該是很自然的想法。』

「…………」

也許……是這樣吧。

白土先生是個有常識又溫和敦厚的人，所以不會把話說出口——不過，她心裡或許其實希望能把動畫相關的工作也交給我負責。

更重要的是，我自己也對此過意不去。

明明是兩人一起完成的作品，我卻將動畫化這麼重要的企畫交給別人處理。

對此，我內心感到十分歉疚。

「……可、可是，狼森小姐。」

我開口。

儘管為了眼前的突發狀況陷入混亂，我仍反射性地詢問。

「全力參與動畫製作的意思也就是說——」

『是啊，意思就是希望妳能搬來這邊。』

狼森小姐回答。

『當然，我不是要妳永遠住在東京。雖然我個人是覺得妳要永遠住下來也無所謂，不過這恐怕不是那麼輕易就能決定的事情。所以，妳要不要暫時——來住三個月看看呢？』

「三個月……」

『住的地方公司會準備，妳也不需要付房租。如果妳願意，我希望妳能來東京住三個月，全力參與動畫化的相關工作。』

「…………」

『啊，抱歉啊，我不小心就滔滔不絕地說個不停。』

狼森小姐稍微放軟語調，繼續說。

『突然聽到這種事，妳會感到困惑是理所當然的。很抱歉這麼晚才聯絡妳。因為要是邀請妳來了結果卻破局，那樣會很失禮，我才會等到我們這邊都準備好了再跟妳提這件事。』

「…………」

『歌枕，這不是業務命令，單純就只是一個提議。說得更直接一點，是我明知不可能還提出的請求。假使妳不願意，可以儘管拒絕沒關係。』

狼森小姐喋喋不休地，像在開導愕然失語的我似的說。

『我希望妳審慎思考之後再下決定。好好想想美羽，以及——妳的新男友的事情。因為現在什麼才是對妳的人生最重要的，最終還是只能由妳自己來下判斷。』

「如果要去就是下個月初……也就是下星期就得去了是嗎？」

「……嗯。」

我點頭回答美羽的問題。

「因為下個月初就要開始讀劇本……呃，就是類似和動畫製作人員針對劇本開會了。如果要參加，最好從一開始就加入。」

漫畫或輕小說要翻拍成動畫時，編輯會向原作者提出的建議……應該說是請求——

「對動畫的參與程度請不是0就是100。」

其中一項就是這個。

簡單來說，就是如果要參與就最好全力以赴，如果不參與就完全不要干涉。

若是選了０，就完全不要插手動畫的事情。

只要回答別人提出的問題、做好別人拜託的工作，無論是劇本還是甄選配音員都一概不去干涉，相信動畫製作人員並把一切交給他們，自己則專注在最重要的原作上面。

若是選了１００，就必須要全力以赴。

參加幾乎每週都會舉行的所有會議，配音員的甄選會和錄音也都要出席參與。如果有點子就盡量提出來，一邊和動畫製作人員吵吵鬧鬧地討論、一邊為了讓動畫成功而竭盡全力，當然在此同時原作的工作也不能偷懶。

不是０就是１００，這是最理想的情況。

有一搭沒一搭地參與是最不好的。

然後，這一點不只是原作者——同樣也能套用在編輯身上。

以原作者的責任編輯身分參與其中，就等於是擔任動畫製作的中樞。

如果不做就最好完全不參與，要做就必須參與到底。

「是喔～不過，這件事來得還真是突然啊。如果是一般公司，應該不可能一個禮拜前才提調職的事情吧？」

「因為這個業界非比尋常啊。」

我語帶諷刺地回應。

不過嘛，我也覺得這件事的確是來得太突然了。

正因為如此，才會像狼森小姐所說的不是命令，而是提議。

決定權在我。

即便拒絕了，應該也不會受到任何懲罰，或是對往後的加薪、升遷造成影響。

我反而覺得——這是一件值得慶幸的事情。

因為我獲得了機會。

狼森小姐給了住在地方都市，採取遠距工作這種麻煩的工作方式的我一個選項。

給了我全程參與負責作品的動畫化這個選項。

甚至連住的地方都幫忙準備好了，真是替我設想得無微不至。

「媽媽。」

美羽淡淡地對陷入沉思的我說。

「我昨天也說過，妳不用擔心我的事情。」

「……………」

「如果只是三個月，我一個人生活不會有問題的啦。」

「……那怎麼行呢？把妳一個人留在家裡隻身赴任，我會擔心啊。」

自從美羽升上國中之後，我曾經好幾度為了工作離家。

但是時間最長也只有三天兩夜。

離家長達三個月這種事情，這次還是頭一遭。

「就跟妳說不要緊了。況且雖說是遠行，妳也只是去東京不是嗎？假使妳真的不放心，搭新幹線兩個小時就能回來啦。」

「這……」

話是這麼說沒錯。

畢竟又不是隻身去國外工作，想回家時確實輕易就能返家。

要是努力一點，甚至有可能每個週末都回來。

而且公司說不定還會願意幫忙出交通費。

「我也已經是高中生了，獨自生活這種小事不算什麼啦。」

「高中生要獨自生活還太早了。」

「咦？這不是很普通的事情嗎？媽媽妳編輯的書裡面，明明就有很多一個人生活的高中生。」

「不、不可以把虛幻和現實混為一談！」

不過嘛……那種人的確很多！

在漫畫和輕小說裡，高中生獨居的機率相當高。

儘管獨居的理由每部作品各不相同……不過我想最主要的原因，應該單純只是方便發生事件吧。

因為和父母同住會有諸多不便嘛。

但是。

我萬萬沒想到，自己居然會以家長的立場來檢討這個情況。

唔哇啊啊啊……好擔心！

留下還是高中生的孩子一人去遠方工作，這件事超讓人擔心的！

我平常以編輯身分面對作品時，總能抱著輕鬆的心態做出「將背景設定成父母在國外出差如何？這樣劇情比較能夠自由發展」這樣的提議……然而換成自己時，就會擔心孩子擔心得不得了！

啊……對不起。

我所負責過的眾多作品，對於隨隨便便就把主角或女主角的父母送到國外去……我感到非常抱歉。

今後我會審慎地思考再思考，最後抱著悲痛的心情……還是將你們送去國外。

「……如果我真的要隻身赴任，我會拜託看看外婆能不能來這裡陪妳。」

整整三個月都住在這個家裡——這樣雖然不太可能，不過我想應該可以拜託母親定期來關心美羽的情況。

「妳很不信任我耶……不過算了，反正和外婆一起生活好像也挺有趣的。」

「……我很信任妳啊。」

我這麼說。

「我雖然會擔心……不過我也認為美羽應該有辦法獨自生活三個月。」

別看我家孩子這個樣子，她其實意外地能幹。

她平常雖然總是因為嫌麻煩而不去做，但無論是家事還是煮飯，基本上都能一人獨力完成。以前我離家工作時，她都有好好地自己下廚煮飯來吃，也會洗衣服和打掃家裡，還會自己把襯衫燙好才去上學。

例如功課之類的，儘管她是屬於那種非得拖到最後一刻才要動手的類型，做起事來卻很有方法和效率，總有辦法趕上最後期限。

真教人不知該說她能幹還是機靈。

而且我也會定期回來，所以要是母親也願意來這裡幫忙，三個月左右應該不成問題。

「是嗎？既然這樣，媽媽妳在煩惱什麼？」

「…………」

「這可是大好機會，讓妳可以去做想做的工作耶？而且對方連住處都替妳準備好了，這簡直就是超級ＶＩＰ的待遇。既然妳不是在顧慮我，那妳到底——」

說到一半，美羽露出有所察覺的表情。

「啊～好好好，原來如此。說的也是喔說的也是，因為媽媽現在有了心愛的男朋友了嘛。」

「……！」

被她用傻眼的語氣這樣說，我嚇得身子一縮。

「唉～感覺打擊好大喔。應該說，原來是我自我意識過剩，真是丟臉啊～我本來還以為媽媽是因為過度保護我才擔心那麼多，結果根本滿腦子都是剛交到的男朋友，一點都不在乎自己的女兒嘛。」

「才、才不是呢……我也有認真考慮美羽的事情啊！只不過……那個，和阿、阿巧之間的事情也讓我很擔心。」

我的說話聲變得愈來愈小。

美羽輕輕嘆了口氣。

「真的是很不湊巧耶～你們好不容易終於在一起，結果這次居然突然又要遠距離戀愛了。媽媽，妳這個人還是一樣不太走運耶。」

「嗚嗚……」

沒錯。

假使我去東京工作——我和阿巧就會才剛交往就變成遠距離戀愛了。

雖然只有短短三個月……但就是忍不住會想，事情怎麼就偏偏發生在這個時候呢？

居然才剛交往就發生這種事！

而且……現在不是應該是最開心的時期嗎？

雖然我沒有經驗所以不清楚啦！

啊……不曉得對方會怎麼想？

我這個拖拖拉拉的女人，先是害我們兩人花了好長一段時間才終於交往，結果這次居然又因為我要去東京工作而必須遠距離戀愛。

「妳跟巧哥說了嗎？」

「……還沒。」

「早點說比較好啦。這種事情得好好跟老公商量才行。」

「他、他又不是我老公！男朋友，還只是男朋友！」

回嘴之後。

「……我知道啦。」

我點點頭說。

「我會在今天之內找他商量。」

還是早點行動比較好。

因為假使我真的要去東京，就必須現在馬上開始做準備……更重要的是，我這個人一旦拖延了，就會永無止盡地拖延下去。

決定了。

我今天一定要跟他說。

既然如此，就趕緊趁決心正強烈的時候跟他約時間——正當我這麼想的時候。

擺在桌上的手機震動了。

對方是——我正打算要聯絡的對象。

「是阿巧。」

「喔？這麼剛好。他說什麼？」

「我看看喔……」

我讀了訊息。

「他問我今天能不能見面。」

假如時間搭得上，希望可以找個機會見面。

這則以早晨的問候語開頭的訊息，內容總的來說就是這樣。

唔嗯。

他感覺好像很急，莫非發生什麼事了？

我姑且回覆他。

『沒問題，不過怎麼了嗎？』

結果阿巧立刻回訊。

『不，其實沒什麼重要的事。』

「……咦？怎麼回事？明明想見我，卻沒什麼重要的事情？」

這難道是某種猜謎遊戲？

正當我覺得奇怪時。

「呃……妳怎麼會不懂呢？」

美羽的表情變得既錯愕又害羞。

「因為他想見妳啊。」

「……咦？呃，我知道他想見我，可是他的目的是什麼……」

「哎唷，他的目的就是見妳啦。」

唔嗯？

目的是見我？

這也就是說，他是因為想見我才來見我——

「——什麼？意、意思是，阿巧他……就只是想要見我嗎？」

「應該是吧。」

「明明沒什麼要緊事卻特地來見我……這樣簡直好像他很喜歡我一樣！」

「他應該是很喜歡妳吧。」

「好像他很想我，想到快要受不了一樣！」

「他應該是很想妳，想到快要受不了吧。」

和驚慌失措的我形成對比，美羽的態度始終冷淡。

「巧哥以往每當想見媽媽時，總會設法找個理由或藉口……但是他現在已經不必再顧慮那些了。因為你們已經成為情侶，自然不需要特地找理由去見對方。」

是、是這樣子嗎？

所謂的情侶是當想見對方時，就算沒什麼事也可以去見的嗎？

什麼啊？這也太棒了吧。

根本就是隨心所欲。

這麼說來，難不成……也、也可以只因為想聽見對方的聲音就打電話過去嗎？

真的可以做如此大膽的事情嗎？

「唉～要怎麼說呢，我雖然姑且算是站在支持媽媽和巧哥的戀情這一方，不過一旦被迫見到這種剛交往時的青澀模樣……這感覺也未免太尷尬了吧。」

美羽一臉難以形容的複雜表情。

「我接下來得一直被迫在極近距離下，見到你們兩人打情罵俏、卿卿我我的模樣嗎？好折騰人啊～」

「不、不要說這種話啦……」

有什麼辦法嘛，誰教他是我有生以來第一個男朋友。

因為阿巧好像也是如此……所以我們雙方都是彼此的初戀！

這也難怪會青澀了啊！

「總之——」

美羽重啟話題。

「既然巧哥要來見妳，妳就趁這個機會，好好跟他商量隻身赴任的事情吧。」

「嗯，我會這麼做的。」

「……妳要是又臨時猶豫不決、說不出口，到時我真的會瞧不起妳喔，媽媽。」

「知、知道啦。」

看來我已經不被信任了。

第六章
工作與戀愛

身為大學生的阿巧還在放暑假。

今天一整天都沒有安排事情，不管什麼時候見面都可以。

因為覺得約得太早或太晚都很奇怪，我們姑且約了下午兩點見面。

美羽說她要去圖書館寫暑假作業，不到中午就出門了。

不知她是顧慮我們，還是作業真的要寫不完了。

這個嘛……我想可能兩者都有吧。因為升上高中之後，就沒有家長可以幫忙解決的作業了，妳就自己好好加油吧，美羽。

做家事，處理工作，吃飯。

忙著忙著，一轉眼就來到約定的時間。

「歡、歡迎你來，阿巧。」

「妳、妳好，綾子小姐。」

一面生硬地互相打招呼，我一面招待阿巧進屋。

準備好兩人份的飲料後，我們相對而坐。

「…………」

「…………」

旋即陷入沉默。

怎、怎麼辦……好尷尬。

我不敢正視阿巧的臉。

對方也同樣一臉害臊。

我們雖然已正式成為情侶……卻反而因此超級在意對方。

感覺——好像回到了三個月前。

被阿巧告白，察覺到他的行為後不久。

當時我也因為太在意對方，就連看他的臉都覺得難為情。

「……感覺好害羞喔。」

率先打破沉默的是阿巧。

「就、就是啊，真的好害羞。」

害羞。

當然害羞了。

因為我們——終於成為情侶了。

換句話說，是彼此都承認自己喜歡對方的狀態。

就好比無時無刻都在傾訴愛意。

那樣子——當然會害羞了。

「仔細想想……總覺得交往是一種好害羞的行為喔。」

「怎麼說？」

「因為兩個人交往在一起——簡單來說，不就像是在向周圍的人表明『我有喜歡的人』嗎？」

情侶是因為兩情相悅，所以是情侶。

所以只要重新想一想……便會發現所謂交往就等於是在公告「我有喜歡的人」！說得更直接一點，就等於是在向大家炫耀「我有喜歡的人，那個人也喜歡我，耶嘿」！

這、這是多麼羞恥的行為啊！

「要怎麼說……妳的想法還真是創新啊。」

「但的確就是這樣對吧？畢竟兩個人就是因為互相喜歡，所以才會成為情侶。」

「如果按照妳的想法……結婚這件事感覺又更加羞恥了。」

「！對、對喔。結婚根本就像是在向周圍的人炫耀『我有最喜歡的人，而且和那個人約定好要共度一生了』……！」

好、好害羞！

簡直就像是羞恥play！

真佩服大家居然有辦法正大光明地發表婚訊……！

「……噗！哈哈哈。」

當我正為了結婚制度的真相感到戰慄時，阿巧噗哧笑了出來。

「你、你怎麼了？」

「對不起。沒什麼啦，我只是在想妳的這番話感覺好純真喔。」

「啥？嗚嗚……你沒必要這樣嘲笑我吧。」

「我、我沒有在嘲笑妳啊！因為……綾子小姐如此純真的一面……我反而很喜歡。」

「……！」

突如其來的一句「喜歡」，令我心臟猛然一跳。

感到怦然心動的同時……我也覺得有些無法釋懷。

純真。

都這把年紀了還被稱讚純真，實在教人心情有些複雜……

「能夠和綾子小姐交往……真的感覺就像在作夢一樣。」

「什麼作夢嘛？你太誇張了。」

「才一點都不誇張哩，因為這真的一直以來都是我的夢想。這十年來，我始終都期望著能夠和綾子小姐成為這種關係。」

「真是的，你又說那種話了……」

見到阿巧儘管害臊仍滿面喜色地這麼說，我也不禁難為情起來。心跳愈來愈快，整個身體都發熱了。

「……阿巧，我問你。」

我忍不住問道。

故意詢問我早已大致猜想到答案的問題。

「你今天為什麼要來見我？」

「為什麼……呃，其實沒什麼特別的理由。」

「這麼說來，你果然……只是想見到我嘍？」

「……這、這個嘛，可以這麼說吧。」

阿巧滿臉通紅，卻沒有否定。

「喔～是、是這樣子啊。」

「這應該……很正常吧？任誰都會希望每天見到自己喜歡的人啊。」

「……！」

喜歡。

他又說了喜歡二字。

啊真受不了！為什麼阿巧要這樣喜歡喜歡的說個不停啦！

就在我感覺快要死於心跳過快時。

「綾、綾子小姐又是如何呢？」

阿巧這麼反問。

神情羞澀，卻又定睛直視著我。

「咦？什麼東西如何？」

「就是那個……妳有想要見我嗎？」

「……！這、這個嘛……我，呃……嗯。」

儘管這唐突的問題令我困惑，但最終我還是點了頭。

「我也……很想見你喔。所以，今天聽到你說想要見我，我真的覺得很開心。因為……我也最喜歡阿巧了。」

「……！」

阿巧紅著臉，用手摀住嘴巴。

「你、你那是什麼反應……？」

「因為……妳對我說了超級可愛的話。」

「～～！你、你自己還不是一樣。討厭，你不要取笑我啦。」

「我沒有取笑妳啊，綾子小姐是真的很可愛。」

「就、就跟你說不要再講那種話了，真是的……」

「對不起。不過……看到妳做出這種反應，就會讓我更想要講。」

「什、什麼……嗚嗚，阿巧真是壞心！」

「哈哈哈。」

聽到我投降似的這麼說，他臉上泛起喜悅的微笑。

…………

等等！

這是什麼情況？

這是什麼溫馨甜蜜的氛圍？

啊真是的，感覺讓人好想……大喊一聲唔哇～～～～！

雖然兩個當事人很開心，但是看在旁人眼裡絕對會覺得很噁心！

完全就只是一對情侶在打情罵俏個沒完！

而且是假如被別人看見，會想要立刻一頭撞死的那種打情罵俏。

可是現在就只有我們兩人，沒必要在意周圍的目光——所以也就是說，我現在幸福快樂到快要死掉了。

啊……好幸福。

喜歡，我好喜歡阿巧。

我喜歡他，而他也喜歡我。

明明說起來就只是這麼一回事，卻感覺有如奇蹟降臨一般。幸福的心情過度洋溢，讓人幾乎都要溺斃了。

真不敢相信這樣的日子未來還會持續下去——

「…………」

原本雀躍萬分的腦袋，頓時稍微冷靜下來。

我想起今天非說不可的事情了。

啊，沒錯。

這樣的日子不會持續下去。

假使我去了東京，我們就很難再像這樣當天聯絡、當天見面了。

才短短三個月。

但是，要怎麼說呢，接下來的三個月……不正是開始交往後最開心的三個月嗎？

不正是對情侶而言——最重要的時期嗎？

我本來就在交往前因為太過優柔寡斷，讓他等待了好長一段時間，結果才剛在一起，又要因為我的關係而變成遠距離戀愛。

阿巧會原諒像我這麼任性的女人嗎——

「……嗯？那是什麼？」

正當我獨自沉思時，阿巧出聲了。

在他視線前方的——是擺在客廳一隅的紙箱。

「喔，那是狼森小姐寄來的啦。」

「狼森小姐寄來的？」

「這次我所負責的作品即將動畫化，因此目前正處於進行各項準備的階段。」

「動畫化……好厲害喔。」

「厲害的是作家啦，我只是從旁協助而已。」

一邊說，我一邊走向紙箱。

我已經打開過紙箱了。

只不過……打開來見到內容物的瞬間，我頓時幹勁全失，於是就這麼把紙箱擱在客廳裡。

「公司也替配音員準備了要在活動上穿的角色服裝，不過因為好像有一套弄錯了尺寸，於是狼森小姐說『我覺得這個尺寸妳穿應該很適合，所以送給妳』……就這麼擅自寄給我了。」

我邊發牢騷邊從紙箱中取出的是——

「女、女僕服……？」

阿巧瞪大眼睛說道。

沒錯，我收到的東西是所謂的女僕服。

整體設計基本上是以白色為基調……不過該怎麼說呢，造型一看就知道是「漫畫和動畫中的女僕服」。

軟綿綿又輕飄飄，裙子很短，胸前的領口則開得又大又深。

《青梅竹馬》中的女主角之一，艾莉的服裝。

由於這個角色被設定成一週在女僕咖啡廳打工七天，因此在作品中出現的場景多半都穿著女僕服，這次出席活動的服裝自然也是女僕服了。

「真是的……狼森小姐到底在想什麼啊？」

衣服寄到的時間是中元節前──也就是我和阿巧正式交往之前，所以她說不定是打著「穿上這套衣服去誘惑左澤吧」的算盤……若真如此，那也太多管閒事了。

什麼女僕服嘛。

我怎麼可能會穿這種東西呢？

「……所以，綾子小姐。」

我厭煩地嘆了口氣，結果這時阿巧開口了。

視線還緊盯著女僕服。

「妳要穿穿看這個嗎？」

「咦……？我、我怎麼可能會穿啊？」

「這樣啊……」

他露出一臉遺憾的表情。

奇怪？這是什麼反應……

「……阿巧，你希望我穿上這個嗎？」

哇！

等一下。

我在說什麼啊……？

「咦……這、這個嘛……是的。」

儘管吃驚，阿巧還是點了頭。

我最近發現一件事。

那就是阿巧這個人……雖然基本上都是保持低姿態，實際上卻相當強勢。

就算很害羞，也會明確說出自己的希望！

「因為我很好奇，綾子小姐穿上這種衣服會是什麼模樣。」

「……是、是喔，原來如此。」

是這樣啊。

原來阿巧希望我穿上這套衣服。

只要我穿上去，他就會很開心——

「……既、既然如此——」

我用顫抖的聲音說。

「那就穿穿看好了。」

若是平常，我是絕對不會穿的。

這把年紀還穿女僕服……這已經不能用丟人來形容了。

不管對方怎麼拜託，平時的我也絕對不會穿。

……不過話說回來。

我也覺得就憑我幾乎是自他公認禁不起拜託的個性，只要被人態度強硬地勸說，最後還是會穿上去。無論是被誇獎恭維，又或者是中了圈套，我都會在推託半天之後應允穿上——但是。

我今天並沒有「推託半天」。

拋開穿與不穿的爭論，很快就決定要穿了。

因為——我們恐怕連做這種蠢事的時間都所剩無幾。

想要在剩餘的短暫時間內，盡可能討阿巧歡心。

如果他有希望我穿上的衣服，我就全部穿給他看。

我抱著這種近似焦慮的心情決定穿上女僕服——然而真的穿上之後，又隨即感到後悔萬分。

「歡、歡迎光臨，主——抱歉，不行！我還是辦不到！」

在脫衣間換好衣服、進到客廳之後，心想只要有半分猶豫就會受不了的我，原本決定卯足全力裝嗨——

結果卻連一句台詞都講不完。

我完全受不了自己這副模樣。

好尷尬……

穿成這樣好尷尬……

我從脫衣間的鏡子中看見的自己……活脫脫就是一個穿著軟綿綿又輕飄飄的女僕服的大嬸。

而且……這套衣服在物理上也好緊繃。

不符合配音員的尺寸——這套女僕服聽說是因為太大了所以不合……可是對我來說卻有點緊。

胸部和臀部緊繃到不行……而且因為是像比基尼一樣會露肚臍的設計……肚子周圍稍嫌放縱的肥肉會整個露出來。

我整個人沮喪到幾乎要一蹶不振了。

阿巧則是不發一語，默默注視著身受致命傷的我。

「嗚嗚，阿巧……拜託你說句話，不要悶不吭聲啦。」

「呃。」

「啊算了，你還是什麼都別說！一個字都不要提！」

「……妳到底要我怎麼做啊？」

一臉困擾地吐槽之後。

「很適合妳喔，綾子小姐。」

阿巧這麼說。

非常直接地讚美我。

「啥……沒、沒關係啦，你不用說那種明顯的客套話……其實你覺得很尷尬對吧？雖然你勸我穿了，但是結果比你想像中還要不堪入目對不對？」

「我並沒有那樣想。」

「真的嗎……？」

「……好吧，我是覺得有那麼一點。」

「看、看吧！果然跟我想的一樣！」

「可是就是這樣才好啊！妳因為做出不符年齡的打扮而害羞的模樣，實在迷人到不行。」

阿巧握起拳頭，熱切地訴說。

「我最喜歡做著不符年齡的事情時的綾子小姐了。」

「咦……」

他這是在誇獎我嗎？

好、好微妙……

若是從正面的角度來思考，這句話雖然也能解釋成「妳永遠都很年輕」，但是說到底，意思還是在說我「老大不小了還在做丟臉的事情」吧？

而他居然喜歡那樣的我。

「……阿、阿巧，老實說，我從之前就隱約覺得你這個人的嗜好相當奇特。」

「唔……」

阿巧一瞬間露出受到打擊的表情。

「妳、妳也不想想是誰害的。」

之後隨即盯著我這麼回嘴。

「咦……？」

「假使我的癖好真的不太正常……那也完全是綾子小姐害的。」

「是、是這樣子嗎？」

「因為我從小時候開始……就受到妳的各種對待啊。我明明將綾子小姐視為一名女性，妳卻總是把我當成小孩子看待……一下跟我一起洗澡，一下讓我看妳穿耶誕比基尼，一下又在窗簾裡面緊抱住我。」

「～～！那、那是因為……我完全不曉得阿巧你是用那種眼光看我……」

不知道。

一無所知。

我絲毫沒有察覺阿巧是用那種眼光看待我。

結果導致……嗯。

我真的做了很多糟糕的事情呢。

像是這個和那個，還有這個和那個。

我不自覺做出的許多肌膚接觸——一想到在我那麼做的當下，對方是把我當成異性看待……我就感到既內疚又難為情，整個人渾身好不自在。

「我一直都為了毫無自覺的綾子小姐小鹿亂撞喔？如果說我的嗜好很奇特，那也全都是綾子小姐造成的。都是綾子小姐帶來的無數誘惑……讓我的身體變得只能愛妳。」

這番感覺像在鬧脾氣的話，聽起來也像在表達熱烈的愛意。

我的身體只能愛妳。

這句話……感覺還真猛啊。

「呃，那個，對不起。」

我一時不知如何是好，只好先賠罪再說。

「我欺騙了純真無邪的少年……這條罪，今後我會慢慢償還的。」

「若、若是妳能夠那麼做就太令人開心了。妳可要說到做到，直到永遠喔……」

我開玩笑地說完，阿巧也笑了。

「那個，綾子小姐，機會難得……我可以拍照嗎？」

「拍照？」

「當作紀念。」

「什麼紀念啊！不行！絕對不可以！」

怎麼可以把這副醜態留作紀錄！

萬一要是被人看見了……我以後再也不敢走在街上了啦！

「不行嗎？可是我只會自己一個人欣賞，絕對不會給別人看。」

「你是要欣賞什麼啊……？不行就是不行。這麼丟臉的打扮，我才不要拍什麼照片哩。」

「……其實也沒那麼丟臉吧。綾子小姐平常不也會扮成『愛之皇』裡面的角色嗎？」

「『愛之皇』另當別論！」

那是一種儀式，所以不算！

是我用來自己在房間裡面自嗨的，所以不算！

那完全是一種自我滿足，所以不算！

「無論如何都不行嗎？」

「不、不行啦……」

「……妳不是要償還害我變奇怪的罪過嗎？」

「唔！」

阿巧難得說出這種壞心的話。

居然馬上就挑我話柄。

真是的……他就這麼想要拍嗎？

他就這麼──覺得我很迷人嗎？

「……真是的，真拿你沒辦法。」

「可、可以嗎？」

「只不過，我有一個條件。那就是你也得一起拍。」

「我也要拍……？」

如果是兩人一起入鏡，那我或許勉強可以忍受。

要我自己像攝影模特兒一樣地被拍……我實在無法接受。

「……呵、呵呵呵。這下萬一照片外流，阿巧你也逃不了。到時，我們兩人就一起下地獄吧。」

「拜託不要說那麼恐怖的話好嗎……」

於是，我們決定兩人一起入鏡拍照。

阿巧拿著手機伸長手臂，我則往他靠近。

「綾子小姐，妳再靠過來一點。」

「知、知道了……」

為了自拍，我們兩人的身體貼得相當近。

「……我可以碰妳的腰嗎？」

「這、這種事情不需要特地問啦！」

阿巧輕輕地觸碰我的腰，將我摟過去。我也為了回應他，按捺住內心的羞澀，輕輕地抱住他。

映在手機內建相機裡的我們，看起來就跟一般情侶自拍時一樣親熱。

啊——

這究竟是什麼樣的心情呢？

隨著兩人的身體彼此觸碰，對方的體溫、觸感和氣味傳遞過來。透過全身感受對方的存在，心中油然升起無比的幸福感。

啊，我以前都不知道。

原來和喜歡的人彼此觸碰，是如此幸福又舒服的事情。

我……好像挺喜歡的。

像這樣彼此接觸、依偎在一起……我好喜歡這樣的感覺。雖然年過三十了還說出這種像在撒嬌的話可能很丟臉……不過，喜歡就是喜歡。

好想有更多的接觸。

想要多多觸碰他，也想被他所碰觸。

想要和他有更多親熱的機會——

可是。

假使我去了東京，就無法再像這樣觸碰彼此了。

儘管可以互傳訊息，或是打電話聽聽對方的聲音，卻沒辦法有肌膚上的實際接觸。雖說目前網路科技的發展已相當進步，但是能夠和遠方的戀人擁抱的技術尚未誕生。

如果要談遠距離戀愛，勢必會有一段時間無法感受他的體溫和氣味。

一想到這裡——

此時此刻感受到的他的一切，頓時令人感到萬般不捨。

令人心痛了起來。

「那麼我要拍——咦？」

就在他正準備拍照時。

我抱住了他。

和剛才含蓄的動作不同，那是熱烈的擁抱。

我將手臂環上他的背，把臉埋進他寬闊的胸膛，用力、用力地緊抱住他。

「唔……」

「綾、綾子小姐……？」

「唔～～！唔～～～！」

我把臉埋進他的胸口，發出奇怪的低鳴。

為了讓令人束手無策的心情平靜下來，我做出簡直像是有病的怪異舉動。

「……阿巧，對不起。」

過了一會情緒稍微冷靜下來後，我才開口。

「有人問我……要不要去東京工作。」

我倆並肩坐在沙發上，我說出這次隻身赴任的事情。

包括動畫化，還有為期三個月的事情。

……順帶一提。

我已經把女僕服換下來了。我實在無法用那種不正經的裝扮講正事。

畢竟這件事對我們兩人非常重要——

「下個月開始要去東京……？」

阿巧聽完之後，臉上神情變得十分凝重。

樣子沒有我想像中那麼驚慌。

也許是太過訝異，結果反而冷靜下來了吧。

「這件事來得真是突然啊……」

「……好像是狼森小姐那邊得先做好各項準備的關係。」

如果是一般的隻身赴任，行程應該不可能這麼匆促。

但是這次——不是業務命令。

我的自由意志受到認可。

即便拒絕了，我也不會受到任何懲罰。

反過來說。

這也代表著一切都是我的責任。

像是「沒辦法，因為這是公司的命令」之類的。

我不被允許像這樣替自己找藉口。

我必須憑自己的意思做出選擇——也必須由我自己承擔起伴隨選擇而來的責任。

「狼森小姐說如果我有那個意願……她會盡可能支援我，聽說也會幫我在公司附近找房子住……我真的非常感激她。這件事我也跟美羽提過了，她說她自己一個人生活沒問題，要我放心地去……」

「……那麼——」

阿巧問道。

提出直指核心的問題。

「綾子小姐妳——打算怎麼做？」

「……我想要去。」

我說了。

豁出去似的說了。

「因為這麼好的事情，以後可能不會再有了。對編輯來說，這是能夠提升自我技能、求之不得的大好機會……而且——」

頓了一下，我又接著說。

「更重要的是，我自己——很想參與。我想要全心參與自己所負責的作品的動畫化。想要從旁守護自己從頭開始負責的作品，看著它振翅高飛。」

我雖然也有「想要藉著這難得的機會，累積身為編輯的經驗」這樣的心情——卻不是最主要的。

最主要的是，我想守護自己負責的作品直到最後。

和義務感、責任感有些不同的，單純的願望。

就某方面而言，這是一份近似自私的情感。

白土老師創作出來的有趣小說，受到各式各樣的機緣眷顧，即將迎來動畫化這件一生難得幾回的大事。

如果可以，身為責任編輯的我好想陪伴它到最後。

因為最瞭解這部作品的人、最深愛這部作品的人，除了作者白土老師外一定就是我，我同樣希望自己就是那個人。所以，我也想要全力參與動畫化，讓作品以最完美的形式呈現。

可是，那原本應該只是一個不可能實現的願望。

基於居住在東北這個物理性的問題，我打從一開始就放棄了。因為擔心隨便表示意願會害周圍的人陷入混亂，我一直隱瞞自己的心情，沒有對任何人提起。

可是。

機會突如其來地降臨，點燃了我原本深鎖在心底的慾望和渴求。

「說的……也是喔。」

阿巧面露苦笑。

「因為綾子小姐……在工作方面，一直以來也都在忍耐。即便有想做的工作，妳仍會優先考慮美羽的事情，減少工作量，將與美羽相處的時間擺在第一位……」

「…………」

「我想美羽一定也是因為明白這一點，才會支持妳去喔。她應該很希望現在的綾子小姐，能夠盡情地做過去妳為了她而忍著不做的事情。」

也許是這樣吧。

雖然從美羽冷淡的態度很難看出來，不過說來說去，我想美羽終究是替我著想的，我也對此心懷感激。

「……那阿巧呢？」

我不由得發出懇求似的語氣。

「你是怎麼想的？」

「…………」

「你會不希望……我去東京嗎？」

默默沉思一會之後。

「說實話……我有點不太希望妳去。」

阿巧用苦悶的表情回答。

「和綾子小姐分隔兩地，讓我感到很寂寞、很難過。因為我們好不容易才在一起，美好的生活現在才正要展開。」

「……！」

「可是……我更不希望綾子小姐為了我，無法去做自己想做的事情。」

阿巧直視著我說。

「我一直……都很希望和綾子小姐交往，想要成為足以配得上綾子小姐的帥氣成熟的男人。雖然我不曉得自己現在實現了多少……不過，會在這種時候扯綾子小姐後腿的男人肯定一點都不帥氣。」

「阿巧……」

「請儘管在東京努力地工作，綾子小姐。」

他說道。

帶著非常溫柔的笑容。

肯定我這個任性的女人，沒有一句否定的話。

「只要是綾子小姐想做的事，我都會由衷地支持，並且盡己所能地協助妳。」

「阿巧……」

「不過話說回來，如果是兩三年都見不到面，我就會重新考慮了……但是，如果是三個月左右就沒問題。」

「……說的也是，就只是短短三個月的遠距離戀愛嘛。」

三個月。

短短的三個月。

而且還是在國內，只要有心，花兩小時就能見到面的距離。

假使這點程度就絮絮叨叨個沒完，說不定會被真正在談遠距離戀愛的情侶嘲笑。

但是——一想到之後沒辦法隨心所欲地和阿巧見面，那三個月就感覺像是永恆一樣漫長。

「嗚嗚……」

各式各樣的情緒湧上心頭，讓淚水幾乎就要溢出眼眶。儘管拚命想要壓抑湧現心頭的心酸和寂寞，壓制的力道卻逐漸減弱。

現在或許已經不必再努力擺樣子了。

因為——能夠相處的時間就只剩下一星期左右。

再故作堅強的女人也沒用。

或許可以卸下偽裝和場面話，盡情地撒嬌了。

這樣的念頭一起——我再次抱住坐在隔壁的他。

「綾、綾子小姐……」

「……討厭啦～見不到阿巧，人家會很寂寞耶……」

拋棄羞恥和尊嚴，像個孩子般撒嬌。

見到我這麼沒出息的模樣，阿巧瞬間做出驚訝的反應——不過他隨即露出溫柔的微笑，把手放在我頭上。

「我也覺得很寂寞啊。但是沒事的，一定不會有事的。」

「對不起喔，阿巧……居然才剛交往就發生這種事。虧我本來打算等我們交往之後……要連同之前讓你等候的份一起好好地回報你。」

「妳不用想那麼多啦。光是能夠和綾子小姐交往，在我看來就幸福得有如奇蹟降臨了。」

「……去到東京之後，我可能會每天都打電話給你，你不要嫌我煩喔。」

「我不會的啦。」

「……我不在的時候，你可不能劈腿喔。」

「我怎麼可能劈腿呢？綾子小姐妳才是不可以花心喔。」

「我才沒那個時間哩，我又不是去玩的。」

「妳在那邊，不要又不穿內衣出門倒垃圾喔。」

「我、我再也不會那麼做了！那時是唯一的一次！我絕對不會再犯！」

我依偎著坐在旁邊的他，進行幼稚又愚蠢的對話。

說著說著，我幾乎都快忘了自己比對方年長十歲。

身為大人的偽裝和矜持正無止盡地淡去。

像個隨處可見的少女一般，向男友撒嬌。

我究竟有幾十年，沒有像這樣對誰撒嬌了呢——

「……我再過大約一星期就要去東京了……在那之前，我想要好好地……盡可能多和阿巧親熱。」

我這麼說。

說出來了。

趁亂說出羞恥至極的台詞了。

若是平常，我大概會不敢說這種話吧。

只剩一星期的這個時間限制，似乎將身為大人的武裝從我身上卸下，讓孩子般的本能顯露出來。

可是……儘管如此，我好像還是說了太過羞恥的話。

自說出口的那瞬間，強烈的後悔和羞恥感便朝我襲來。

「樂意之至。」

不過阿巧並沒有取笑或嘲弄我，而是用非常開心的表情接受了我的話。

啊……喜歡。

我好喜歡阿巧。

「阿巧，我好喜歡你。」

心聲就這麼脫口而出。

「我也好喜歡妳。」

阿巧也馬上回應我同一句話，並且將我緊緊地擁入懷中。
無可比擬的幸福彷彿將我倆團團圍繞。
「……所以——」
幸福無比的擁抱持續幾十秒之後，阿巧稍微退開身子。
用極其認真的眼神凝視著我。
「那個親熱……可以現在就開始嗎？」
「現、現在開始？」
「是的。」
阿巧堅定地點頭。呃，等等，等一下。
這話雖然的確是我自己說出口的……不過會不會太突然啊？
人家還沒有做好心理準備耶……！
我緊張到幾乎陷入恐慌。
「這個嘛……可、可以是可以啦。」
最後卻還是禁不住他熱切的視線，不由得點頭。

那瞬間，阿巧看似按捺不住地抓住我的雙肩。

「咦……？呃，咦……」

不顧困惑的我，阿巧緩緩地將臉靠近。

我整個人徹底變得僵硬。

一瞬間，各式各樣的念頭在腦中閃過。

啊……我要被親了。這算是我們第二次接吻。如果第一次不算，這是我們交往後的第一個吻。要、要不要緊啊……？我中午吃了什麼？應該說……所謂親熱究竟要做什麼？要做到哪個程度？該不會……要全、全部做完吧？居然大白天的就……可、可是我們沒有準備那個啊——

之類的。

我雖然瞬間胡思亂想了好多，然而思緒很快就消失了。

變得什麼也無法思考。

只想讓事情順其自然地發生。

只要是他希望的，我什麼都想奉獻出去。

我閉上雙眼，將一切交付給他——

「——我回來了～」

喀嚓。

玄關大門開啟的聲音，以及美羽熟悉的說話聲。

「「～～！」」

接近到只剩一公分距離的我們，倏地彈也似的拉開距離。

然後急忙整理衣服和頭髮，從沙發上站起來。

「咦？巧哥還在啊。」

美羽進到客廳來。

「美、美羽……妳回來得真早啊……」

我拚命故作冷靜應對。

心臟感覺隨時都要破裂，全身上下更是汗水狂冒。

為什麼……為什麼她偏偏這個時候回來——

「嗯，因為今天的進度已經完成了。我才想問媽媽，妳跟巧哥談過了嗎？」

「談、談過了。阿巧，你說對吧？」

「是、是啊……」

「是喔，那就好。話說，你們兩個為什麼那麼慌張啊……？」

美羽神情詫異地看著明明身在有開空調的涼爽室內，卻冒著汗、氣喘吁吁的我們。

可是，沒一會她的臉就漸漸紅了起來。

「……咦？你們做過了？」

美羽用看似害羞又傻眼的表情，對著散發出獨特驚慌感的我和阿巧說。

「「並沒有！」」

我們異口同聲地大喊。

一個星期後。

我將隻身前往東京。

我們好不容易展開的交往，將從遠距離戀愛開始揭幕。

終章

九月。

學生們的暑假結束，第二學期開始的季節——

我獨自一人來到了東京。

「……呼。」

一下新幹線，許多人匆忙行走的景象便映入眼簾。這裡還是一樣人好多，氣溫也比東北略高。不過比起之前七月底來的時候，現在已經涼爽許多了。

我拖著行李箱努力穿越東京車站的人潮，搭上停在路旁的其中一輛計程車。

然後從車子的後座，傳訊息給美羽。

『我平安抵達東京了！』

『真是太好了。』

『妳那邊沒事吧？

有沒有遇到麻煩？

若是有什麼狀況，要馬上聯絡我喔。』

『沒有，因為今天才第一天而已。

況且現在離我到車站送妳，也才只過了兩個小時。』

『媽媽不在身邊，妳會不會寂寞？』

『我都幾歲了？

妳太操心了。

反正還有外婆，媽媽不在也沒問題。』

我忍不住替女兒擔心這個、擔心那個，美羽的態度卻十分冷淡，真是兒女不知父母心啊。

算了，如果是美羽，我想她一定不會有事的。

況且母親從今天開始也會來我家住。

我也傳了訊息給母親，結果她好像已經到我家，正在著手準備晚餐了。瞧她好像幹勁十足的樣子，我總算能夠放心把看家的工作交給她。

我本來打算接著傳訊息給阿巧——手卻忽然停了下來。

「…………」

他今天沒有來車站送我。

聽說是因為有事的關係。

他沒有告訴我是什麼事情，不過好像是怎麼也推不掉的要緊事。

我雖然覺得既然如此，那也沒辦法……心裡還是不免有些落寞。

好想在出發之前，再見他最後一——啊，不行不行。

不可以啦，綾子。

才第一天就這樣怎麼行呢！

妳接下來還得跟阿巧……談三個月的遠距離戀愛呢。

沒問題，我們一定不會有問題。

因為……這個星期，我們有好好地親熱過了！

濃情蜜意，卿卿我我。

像是要彌補無法見面的三個月一般，一次又一次地——

不過，畢竟我們彼此都有事情要做，不可能每天都見面，而且也會在意雙方家人的目光，所以行為舉止無法太開放——儘管如此。

儘管如此，我們還是會盡可能找空檔見面。

一想到錯過現在就會暫時見不了面……就連我也變得比平時坦率、大膽許多，把握每個當下盡情地向他撒嬌。

時而輕鬆地聊天、牽手，還有擁抱！

另外也做了許多回想起來會臉紅的行為。

而且前天我們也約會了一整天，一起去看了「愛之皇」的夏季電影，一整個星期過得非常充實。

這些回憶，應該足以讓我撐過三個月。

不對。

是必須設法撐過去才行。

因為這是我自己做出的選擇。

「……好，這裡停就可以了。啊，麻煩給我收據。」

經過十幾分鐘的車程，我抵達了目的地。

向司機道謝後，我下了計程車。

映入眼簾的是——高聳的建築群。這個地點雖然稍微遠離市中心，但是在生長於地方都市的我看來依舊十分熱鬧。多到地方都市無法想像的車輛，在一旁的馬路上不停穿梭。

我從今天起要居住三個月的公寓就位在這一帶。

不僅離車站和便利商店很近，附近也有很多餐飲店，聽說是相當受歡迎的居住地區。雖然只有短短三個月，不過能夠免費住在這種地方實在是太奢侈了。

……離車站很近的意思也就是，我只要花點小錢從東京車站搭電車，就能輕鬆來到這裡……但我還是選擇搭了計程車。沒辦法，因為我今天帶了行李箱，而且我想這筆錢應該可以報公帳。

用手機再次確認路線後，我朝著目的地的公寓而去。

正當我設法壓抑內心的徬徨走在陌生道路上——電話來了。

『嗨，歌枕。』

打電話來的是狼森小姐。

「怎麼了嗎？」

『其實也沒什麼大不了的事啦，我只是在想妳應該差不多到了。』

「我已經到東京了啊。然後剛下計程車，現在正在前往公寓的路上。我本來打算等到了房間再聯絡妳的。」

『喔，這樣啊。原來妳還沒到房間，那這樣正好。』

「這樣正好？」

『沒什麼，跟妳沒關係。』

「是喔……」

怎麼回事？

算了。

反正狼森小姐本來就經常說些意味深長的話，繼續想下去也無濟於事。

『不過話說回來，想到從明天開始能夠和歌枕妳並肩工作一陣子，我就開心極了。呵呵，感覺好新鮮喔。』

「……就是說啊。」

我頓時感慨起來。

我進入「燈船」任職，開始在狼森夢美手下工作，是距今十年前的事情。

狼森小姐體諒突然成為單親媽媽的我，特別允許我遠距工作。

從那之後，我便一直都是在東北工作。

只有偶爾會來東京露臉，大部分的工作都是在自家完成。

而這樣的我，明天起將在總公司上班。

讓我的心情是既興奮又緊張，十分複雜。

『總之，妳今天就好好休息吧。因為從明天開始，妳就得努力認真工作了。』

「明白了……啊，是那裡。」

我邊講電話邊走，沒多久就見到我要找的那棟公寓。

「哇，好棒喔，看起來比想像中還要氣派。」

和周圍其他公寓相比，這棟公寓顯得格外寬敞又新穎。

即使是租一個房間，感覺也得付不少房租。

如果要買下來……我完全想不到得花多少錢。

「……狼森小姐妳好厲害喔，居然在這麼氣派的公寓裡有自己的房子。」

我抱著有些不敢置信的心情這麼說。

狼森小姐替我準備的房間不是公司住宅（應該說，「燈船」本來就不存在公司住宅這種東西），而是她個人擁有的房子。

『沒什麼了不起的啦。那間房子只是因為來拉生意的房仲慫恿我說什麼可以當作投資，我才不小心簽契約買下去而已。真是的……那些房仲真的很會耶，每次要來向我拉生意，都一定會派我喜歡的那種年輕帥哥來。』

「……喔，是這樣啊。」

世上的有錢人好像只要被來拉生意的帥哥灌迷湯，都會不小心簽約買下房子。

我的上司還是一樣，是個很會賺錢卻也非常浪費的人。

不對，既然她的目的是投資，這樣好像就不算浪費？

『我之前本來有隨便租給別人，不過最近因為嫌麻煩就擱著了。有人願意去住，我反而還很感謝對方呢。』

「既然如此，那我就不客氣了。」

『嗯。然後呢……關於那間房子。』

狼森小姐語氣愉悅地接著說。

『其實我準備了一點小驚喜，要為妳的新生活祝賀。』

「驚喜？」

『進去之後妳就知道了，好好期待吧。』

「……我怎麼有一種不祥的預感？」

『妳很失禮耶。妳把我當成什麼了？』

狼森小姐憤慨地說。

哎呀……因為妳素行不良嘛。

『妳不用擔心啦，這不是什麼惡劣的整人遊戲或惡作劇。我準備的是妳見了一定會很高興的東西。』

自信滿滿地這麼說完，狼森小姐掛了電話。

我見了一定會很高興的東西？

是什麼呢？

如果昂貴的酒或美味的肉，那我確實會有點開心。

一邊猜想會是什麼，我踏進公寓的建地內。

用事先收到的鑰匙，穿過自動上鎖的大門。

然後搭乘電梯前往目的地樓層。

「是這裡啊。」

我站在十樓的邊間戶前吐了口氣。

這裡就是往後三個月，我所要居住的房子。

加油，盡最大的努力加油吧。

既然都不惜和阿巧分開來工作了，要是不好好努力就太對不起他了。

「……唉。」

一想起阿巧，一陣猛烈的寂寞情緒頓時湧了上來。

唉……好想見他。

真想早點見到他。

啊～要是打開這扇門，能夠見到阿巧站在眼前就好了。

雖然這種事情是不可能發生的。

我一邊不切實際地想著，一邊插入鑰匙——

「嗯……奇怪？」

門鎖——好像已經打開了。

咦？為什麼？

難道是某位業者來了嗎？還是說……我走錯房間了？又或者，這就是狼森小姐所說的驚喜？該不會——是狼森小姐本人在裡面吧？

一面在腦中思考各種可能性，我姑且按了門鈴。

叮咚。

結果幾秒鐘後，門從裡面被打開了。

然後——我大為錯愕。

「咦……？」

開門的是我非常熟悉的人。

是我從對方年幼時便認識到現在，最近才終於以男女朋友的身分開始交往，然後過去一星期來一直卿卿我我的，我最愛的男朋友——

阿巧站在那裡。

「咦？咦？」

驚慌。大混亂。恍惚狀態。

我不由得眨了眨眼。

一開始，我還以為這是幻覺。以為是我的腦袋和心因為太想念阿巧了，才會產生出幻覺。

但是——好像不是。

無論我眨幾次眼、揉幾次眼睛，他還是在那裡。

活生生的阿巧就站在眼前。

「什麼，咦……？阿、阿巧，你怎麼會——」

「……對不起！」

他對混亂至極的我，深深地低頭致歉。

「真的很抱歉一直瞞著妳……不過，就算我想說也不能說。因為向綾子小姐保密……是狼森小姐提出來的條件。」

「咦？咦？」

怎麼回事？

狼森小姐？條件？

完全不懂什麼意思。

這究竟是什麼情況啊？

「呃……該從哪裡開始解釋好呢？那個……從結論來說就是——」

阿巧用極度困窘的表情，卻毫不猶豫地開口。

「從今天起，我也要一起住在這裡。」

「……！」

什麼啊啊啊啊啊啊啊啊啊啊啊啊啊啊啊啊啊啊啊啊啊啊啊啊！

我在內心放聲尖叫。

儘管我還勉強保有一絲理性，知道不能給鄰居添麻煩……儘管如此，我還是一頭霧水。完全摸不著頭緒。

難道說這就是——狼森小姐的驚喜？

究竟在我不知道的地方，有什麼樣的陰謀在悄悄上演啊？

雖然我完全無法理解這是什麼狀況，不過現在眼前的阿巧無疑是本人——這也就是說。

「今天起要一起住」的發言，大概也是真的了。

我們好不容易展開的交往，將從遠距離戀愛開始揭幕——本以為是如此。

萬萬沒想到，這下似乎要變成從同居開始揭幕了。

後記

「工作和我，哪個比較重要？」是女友或妻子對老是在工作的男人常說的話，不過在女性努力工作也成為理所當然之事的現今時代，我想男性應該也有不少時候會想要這麼說。心裡會覺得，妳不要只顧著工作，好歹也理一下我啦。男人一旦說出這種話，會突然給人一種很沒用的感覺，可是只有男人繼續被要求展現固有的「男子氣概」，也總覺得好像哪裡不太對，兩者之間真教人難以取捨。男女雙方都是年紀愈大，就愈難將工作和戀愛切割開來思考，所以還是要和伴侶好好溝通，努力找出平衡兼顧的辦法才是。

大家好，我是望公太。

與鄰居媽媽的純愛年齡差愛情喜劇第四彈。

以下有本篇的諸多爆雷。

兩人終於在一起了。雖然在第三集的結尾，兩人就已經幾乎可以確定會交往，不過這次我是以一邊緩慢而悠哉地加入回想，一邊描寫他們交往之前的過程。能夠描寫許多媽媽和小阿巧的小故事，我感到非常開心。

就愛情喜劇來說，故事發展至今雖然已告一段落，不過因為好像還可以繼續下去，所以我還是會繼續寫。針對兩人交往後的發展，我在考量許久之後，這次本來打算要寫物理距離成為阻礙的「大人的遠距離戀愛篇」，但後來覺得大概沒人會想看那種東西，因此從第五集開始會是「小鹿亂撞同居篇」。這個一定比較有趣啦！

這一次，文中出現了許多關於綾子媽媽職業的內容……不過因為裡面加入了許多虛構的部分，所以還請各位不要太認真看待。由於這部作品的主要基調本來就是愛情喜劇，因此還請各位把出版業界的相關內容，當成是用來襯托愛情喜劇的陪襯品。現實中的出版業界，並沒有像狼森小姐那種行為舉止超乎常人的人……

在此，有個唐突的消息要告訴大家，那就是本作的漫畫版在漫畫App

「Manga Park」上正好評連載中。漫畫版的品質超級好，推薦大家必看！還有——本作的配音PV也已經開放觀賞了！大家一起來欣賞有聲音的綾子媽媽和阿巧吧！

以下是感謝的話。責任編輯宮崎大人，這次也受您照顧了。很抱歉我每次都拖到最後一刻才交稿。ぎうにう老師，非常感謝您這次也畫了好棒的插圖。封面的媽媽真是太媽媽了，濃濃的媽媽感簡直棒透了。

最後，我要向閱讀本書的各位讀者致上最深的謝意。

那麼，有緣的話，我們就在下一集相見吧。

望公太

本集是第四集。

看到第三集的最後，
我本來還心想
「太好了～！親下去了！」
沒想到這一集就在陰錯陽差之下
變得讓人忐忑不安……

不過，
媽媽和阿巧二人
總算是站上起跑線了！

深入了解媽媽的工作也很有趣，
接下來雖然有距離上的阻礙，
不過戀愛新手應該即將展開
恩愛日常了吧……♡

本來是這麼想的，
結果突、突然就同居了？

第五集！第五集什麼時候才要出啊！

這次的後記插圖是將
沒被採用的第三集封面，
重新調整修改過的作品。

雨中，以繡球花為背景
回眸一望的濕淋淋人妻
（並不是人妻）。

我想要在呈現出季節感的同時，
描繪出濕淋淋的媽媽
所散發出來的性感氛圍……

真想繼續畫各式各樣
不同面貌的媽媽啊～

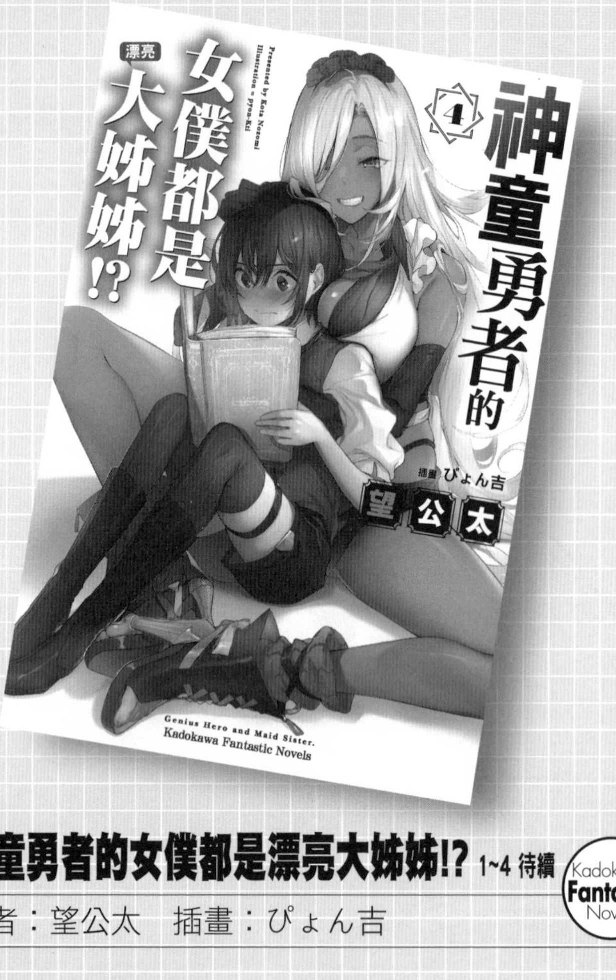

神童勇者的女僕都是漂亮大姊姊!? 1~4 待續

Kadokawa Fantastic Novels

作者：望公太　插畫：ぴょん吉

值得記念的第一屆
「挑選主人的服飾大賽」開始嘍！

席恩偶然獲得未知的聖劍，宅邸內卻因牌局和Ａ書騷動，依舊鬧得不可開交。在女僕們「挑選最適合席恩的服飾大賽」結束後，一行人出發調查某個溫泉，並受託解決溫泉觀光地化面臨的問題，沒想到那裡竟是強悍魔獸的住處……令人會心一笑的第四彈！

各 NT$200/HK$67

身為VTuber的我因為忘記關台而成了傳說 1 待續

Kadokawa Fantastic Novels

作者：七斗七　插畫：塩かずのこ

中之人與螢幕形象的 巨大反差＝衝突美？

Live-ON三期生，以「清秀」為賣點的VTuber心音淡雪，因為忘記關台而把真面目暴露得一覽無遺！沒想到隔天非但沒鬧得雞飛狗跳，甚至因為反差效果而大紅大紫！結果——「好咧！來加把勁直播啦——！」放縱自我的她，就這樣衝上了超人氣VTuber之路？

NT$200/HK$67

救了想一躍而下的女高中生會發生什麼事？ 1 待續

作者：岸馬きらく　插畫：黒なまこ　角色原案、漫畫：らたん

與墜入絕望深淵的女高中生，
共譜暖洋洋的同居生活。

為了維持優待生資格，結城祐介的生活只有讀書和打工。某天心中猛烈興起「想要女朋友」念頭的他，發現有個少女想從大樓屋頂一躍而下。「與其要輕生，不如當我的女朋友吧。」「咦？」在這場奇妙的相遇後，兩人展開了全新的日常與戀愛……

NT$220/HK$73

一點都不想相親的我設下高門檻條件，結果同班同學成了婚約對象!? 1~2 待續

Kadokawa Fantastic Novels

作者：櫻木櫻　插畫：clear

「我們可以睡在同一間房裡嗎……？」
始於假婚約，令人心癢難耐的甜蜜戀愛喜劇，第二幕。

不斷累積甜蜜時光的過程中，心也越來越貼近彼此。當由弦和愛理沙一如往常地待在由弦家時，卻突然因為打雷而停電。憶起兒時心裡陰影的愛理沙半強迫性地決定留宿在由弦家，於是由弦準備讓兩人能分別睡在不同房間。不安的愛理沙卻開口拜託他——

各 NT$250/HK$83

繼母的拖油瓶是我的前女友 1~6 待續

Kadokawa Fantastic Novels

作者：紙城境介　插畫：たかやKi

「我問妳。『喜歡』究竟是什麼？」
前情侶面對彼此情感的文化祭篇！

時值初秋，水斗與結女同時被選為校慶文化祭的執行委員……隨著兩人獨處的時間變長，水斗試著確認夏日祭典那個吻的意義，結女則想讓水斗察覺到她的感情。兩人一邊互相刺探，一邊迎接校慶日的到來——

各 **NT$220~250/HK$73~83**

國家圖書館出版品預行編目資料

你喜歡的不是女兒而是我!?/望公太作 ; 曹茹蘋譯.
-- 初版. -- 臺北市 : 臺灣角川股份有限公司,
2022.03-
冊 ; 公分
譯自 : 娘じゃなくて私が好きなの!?
ISBN 978-626-321-278-7(第3冊 : 平裝). --
ISBN 978-626-321-595-5(第4冊 : 平裝)

861.57 111000483

Kadokawa Fantastic Novels

你喜歡的不是女兒而是我（媽媽）!? 4

（原著名：娘じゃなくて私が好きなの!? 4）

2022年7月13日　初版第1刷發行

作　者：望公太
插　畫：ぎうにう
譯　者：曹茹蘋

發行人：岩崎剛人
總編輯：蔡佩芬
編　輯：邱瓈萱
美術設計：黃永漢
印　務：李明修（主任）、張加恩（主任）、張凱棋

發行所：台灣角川股份有限公司
地　址：104台北市中山區松江路223號3樓
電　話：（02）2515-3000
傳　真：（02）2515-0033
網　址：www.kadokawa.com.tw
劃撥帳戶：台灣角川股份有限公司
劃撥帳號：19487412
法律顧問：有澤法律事務所
製　版：尚騰印刷事業有限公司
ISBN：978-626-321-595-5